KB019921

다시 없을 저녁

다시 없을 저녁

황원교 에세이

도서출판 북인

쉼 없는 굼벵이처럼 몸부림치며 쓴다

인류사 이래 태평성대가 얼마나 있었던가. 위기는 상존해왔고 위기가 곧 기회였다. 인간의 삶은 고난과 역경 앞에서 더욱 견고해진다. 오늘날의 문명과 역사의 진전을 이룰 수 있었던 이유다.

전대미문의 코로나19 팬데믹으로 지구촌 전체가 몸살을 앓고 있다. 하지만 단기간에 극복할 거로 믿어 의심치 않는다. 그 연장선상에서 2008년 겨울 첫 산문집 『굼벵이의 노래』 이후 두 번째 산문집을 내게 되었다. 그동안 시집 『오래된 신발』과 『꿈꾸는 중심』, 장편소설 『나무의 몸』 등을 펴냈지만, 뭐 하나 신통한 게 없었다.

작가 조지 오웰은 『나는 왜 쓰는가?』에서 첫째, 이기심 때문에 둘째, 미학적 열정 때문에 셋째, 역사적 충동 때문에 넷째, 정치적 목적 때문에 쓴다고 말했다. 나는 순전히 이기심 때문에 쓴다. 혹여 나란 존재가 남들에게 뒤처지고 멀어지다 가뭇없이 잊힐까 사뭇 두려워서다. 오로지 살기 위해서, 아니 살아남기 위해서 부단히 읽고 쓴다. 이것마저 하지 않는다면 현실의 비루함을 떨쳐내기가 무망하기 때

●

문이다.

무릇 좋은 글이란 남들이 말할 수 없던 것을 말하고, 모두가 공감할 수 있는 생각의 고갱이를 글로써 정확히 표현해내는 것이라고 했다. 결코 말처럼 쉽지 않은 일이다. 그것은 모든 글쟁이의 영원한 숙제다.

32년째 누워서 살다보니 맺힌 것도 풀어야 할 것도 부지기수다. 그렇게 지난 세월 틈틈이 써놓은 산문들이 얼추 100여 편이었다. 그 중에서 최종적으로 42편을 추렸다. 때마침 한국장애인문화예술원의 창작지원사업에 힘을 얻어 용기를 냈다.

어느덧 인생이 가파른 내리막길에 서 있다. 한 해가 다르게 몸도 마음도 쇠락해지는 걸 절감한다. 어떻게든 정신줄을 놓지 않으려고 나름 애쓴다. 하지만 기억이 흐려지고 깜빡거릴 때는 절망스럽기까지 하다.

요즘은 젊은이들한테 꼰대소리를 듣지 않으려고 의식적으로 '라떼 토크'도 삼가려고 한다. 그런데 생각과 달리 불쑥 튀어나올 때가 있다. 문제는 곧바로 실수를 인정하면서도 끝까지 하고야 마는 것이다.

굼벵이는 느리지만, 목적지를 향해서 쉼 없이 기어간다. 가다가 비탈길에선 구르기도 하고, 낭떠러지에선 떨어지기도 한다. 혹여 조류나 천적들의 먹이가 될지언정 뒤로 가지 않는다. 설사 가는 도중에 생이 끝날지라도 그것만으로도 진일보한 것일 테니.

인생의 비극은 현실 안주에서, 매사를 너무 망설이는 것에서, 자신의 숨겨진 능력을 제대로 펼쳐보지도 못하고 덧없이 사라져가는 것이다. 그런 이유로 단 하루도 허투루 살 수 없다. 그래서 나는 오늘도 굼벵이처럼 몸부림친다.

이렇게라도 내가 사람 구실을 하는 것은 오직 아내와 처남의 눈물겨운 희생과 헌신, 활동지원사의 도움, 변함없이 성원을 보내주는 친구와 동기들, 살가운 친지와 이웃들이 물심양면으로 베풀어준 은혜와 하늘에 가닿는 기도 덕분이다. 이들이 없다면 단 하루도 섭생

●

과 목숨을 유지할 수 없다. 모든 분께 엎드려 큰절을 수백 수천 번씩 올려도 모자랄 지경이다. 이 글을 빌려 머리 숙여 감사의 인사를 올린다.

끝으로 졸고가 세상 빛을 볼 수 있게 고언을 아끼지 않으신 존경하는 한국장애예술인협회장 방귀희 님, 시인 최계선, 시인 최준, 시인 나영순 님과 졸저를 멋지게 꾸며주신 도서출판 북인의 노고에도 마음 깊이 감사를 드린다.

환한 미소로 마주볼 날을 기다리며

2021년 가을에

와유당臥遊堂 황원교

차례

제1장

그림자놀이

한동안 기립성저혈압 증상으로 외출을 삼갔다. 벼르고 벼르다가 큰맘 먹고 집 근처 명암지明巖池로 산책을 나갔다. 가을볕과 바람이 마른 대지를 보듬고 윤슬로 가득한 수면은 금박지처럼 반짝거렸다. 오랜만의 햇살 샤워로 몸과 마음이 들뜰 대로 들떴다.

폐부 깊숙이 심호흡을 했다. 두루마리 화장지처럼 둘둘 말려져 있던 내 그림자를 땅바닥에 길게 내려놓았다. 발밑에 딱 들러붙어 있는 그림자를 보는 순간, 어릴 적 친구들과 어울려 놀던 '그림자밟기' 놀이가 떠올랐다.

오후 무렵, 학교 운동장이나 동네 공터에서 친구들과 서로의 그림자를 발로 밟으며 "잡았다!" 하고 소리치며 신명나게 즐기는 놀이였다. 둘이서 놀 때는 상대방 그림자를 쫓아가지만, 여럿이 함께할 때는 가위바위보로 술래를 정하고 나머지는 사방팔방으로 도망다닌다. 그러다 그림자를 밟혀 잡힌 아이는 술래가 되고, 끝끝내 도망

●

다니는 아이들을 잡지 못한 술래가 벌로써 제 등을 내어준다. 그러면 나머지 아이들이 벌떼처럼 달려들어 있는 힘껏 두들겼다.

불현듯 독일 작가 아델베르트 폰 샤미소의 『그림자를 판 사나이』라는 소설 속 문장 하나가 환영처럼 떠올랐다. 그것은 마치 호수 한가운데 수중 분수대의 희디흰 물줄기처럼 공중으로 높이 솟구쳐올랐다.

"성실한 사람은 태양 아래 걸어가면서 자신의 그림자를 잘 간직하는 법이지."

나는 둘레길 한편에 잠시 전동 휠체어를 멈춰 세웠다. 문득 전동 휠체어가 알렉산더 대왕의 애마愛馬 부케팔로스Bucephalus, 항우의 오추마烏騅馬, 관우의 적토마赤兎馬, 태조 이성계의 팔준마八駿馬 중 최고였다는 유린청游麟靑, 나폴레옹의 마렝고Marengo와 같은 존재처럼 느껴졌다.

내 앉은키보다 훨씬 길게 늘어진 그림자를 내려다보며 생각에 잠겼다. 모름지기 나는 빛 속에서 어둠의 깊은 의미를 깨달았다. 어둠 속에서 진리의 빛을 찾았다. 칠흑 같은 어둠 속 다이아몬드가 무슨 소용이란 말인가. 제 아무리 멋지고 희귀한 보석이라도 빛이 없으면 무용지물에 불과하다. 모든 보석은 빛으로 인해 아름답고 눈부신 자태를 뽐낼 수 있다.

그때, 저만치에서 소설 속 '회색빛 옷을 걸친 사나이'(악마)에게 그림자를 판 주인공 페터 슐레밀이 멀대같이 큰 키로 휘적휘적 걸어왔다. 그러고는 불쑥 내게 귓속말을 건네왔다.

"내게 당신의 그림자를 팔지 않으시겠소? 값은 원하는 대로 다 쳐 드리겠소."

그의 뜬금없는 제안에 놀란 나는 뒷걸음치며 혼잣말로 소리쳤다.

"어림없는 소리 하지도 마쇼! 오랜만에 어렵사리 집 밖으로 나와 꺼낸 내 하나밖에 없는 그림자란 말이오."

"그러니까 하는 말이오. 자주 꺼내놓지도 못하는 쓸모없는 당신의 그림자를 뭐 그리 애지중지하시오? 어차피 당신은 밝은 태양 아래 있는 것보다는 어두운 방구석을 더 좋아하지 않소?"

순간 마음이 살짝 흔들렸다. 그렇다고 해서 내 그림자를 헌신짝처럼 팔 수는 없었다. 그에게 역제안했다.

"만일 내 사후의 영혼과 그림자를 사시겠다면 그건 기꺼이 팔겠소."

되돌아온 그의 대답은 단호했다.

"예끼, 이보슈! 평소 스쳐지나가는 미풍에도 무시로 흔들리는 갈대 같은 당신의 영혼을 사서 대체 어디에다 쓴단 말이오. 그런 건 지나가는 개한테나 주시오."

그의 상기된 낯빛과 조롱 섞인 말투에 씁쓸한 웃음을 지으며 다짐했다. 가끔 햇볕에 내놓는 반 토막짜리의 볼품없는 그림자지만 생의 끝날까지 잘 지키다 가져가기로 말이다.

돌아보면 내 삶은 남루하고도 비루하기 짝이 없었다. 어느 날 바

●

람에 날려와 보도블록 틈새에 이식된 민들레 홀씨처럼 외롭고 괴로 웠다. 여기서 살아남지 못하면 고향으로 돌아간다 해도 현실의 비참함을 영원히 벗어날 수 없을 것만 같았다. 걸핏하면 몸이 아프고 마음 또한 괴롭기 그지없었다. 이를 악물고 어떻게든 견디고 버텨 내야만 했다.

이와 관련해 나는 2020년 노벨문학상 수상자인 미국 시인 루이즈 글릭의 시 「눈풀꽃」을 읽다 감정이입이 되어 한참을 울었던 적이 있다.

'내가 어떠했는지, 어떻게 살았는지 아는가. / 절망이 무엇인지 안다면 당신은/ 분명 겨울의 의미를 이해하리라. / 나 자신이 살아남으리라고 기대하지 않았었다, / 대지가 나를 내리눌렀기에. / 내가 다시 깨어날 것이라고는/ 예상하지 못했었다. / 축축한 흙 속에서 내 몸이/ 다시 반응하는 걸 느끼리라고는. / 그토록 긴 시간이 흐른 후에/ 가장 이른 봄의/ 차가운 빛 속에서/ 다시 자신을 여는 법을/ 기억해내면서. // 나는 지금 두려운가, 그렇다. 하지만/ 다른 꽃들 사이에서 다시/ 외친다. / '좋아, 기쁨에 모험을 걸자.' // 새로운 세상의 살을 에는 바람 속에서.'

그저 가족의 보살핌에 고마워하며 아프지 않고 사는 것만으로는 만족할 수 없었다. 내게도 당연히 버킷 리스트가 있다. 그것들에 도

전하며 행복과 즐거움을 추구하고자 오늘도 몸부림친다. 남들의 곱지 않은 시선과 편견, 값싼 연민과 동정을 깨부수기 위해 하루하루의 삶에 더욱 치열하게 저항하고 있다. 앞으로도 그런 소신을 계속 지켜나갈 생각이다.

나 자신이 누군가와 사랑하기에 어울리지 않는 사람이라 생각한 적도 있었다. 그러나 실상은 끊임없이 사랑을 열망하고 누군가에게 소중한 존재로 여겨지고 싶었다. 그런 이유로 사람들에게 잊히지 않기 위해 시를 썼다. 아픈 기억과 상처들을 하루빨리 잊기 위해 통음痛飮도 했다. 그렇게 서른두 해를 보냈다. 그런데도 나의 그림자는 마냥 어둡고 길다. 텅 빈 항아리처럼 공허하다. 금세라도 깨질 듯 여전히 불안하고 위태롭다.

단언컨대, 세상에 좋은 죽음은 없다. 나의 목표는 좋은 죽음이 아니다. 최후의 순간까지 아름다운 삶을 사는 것이다. 그래서 삶을 쉽게 포기할 수 없고, 포기해서도 안 된다. 일상을 현미경처럼 낱낱이 보여줄 수밖에 없는 현실이지만 엄연한 욕망의 주체이자 대상이 되고 싶다. 결코, 욕망은 더럽고 추한 게 아니다. 단지 고통스러운 것일 뿐이다. 나도 보통 사람들처럼 연애하고 사랑하고 사랑받을 권리가 있음을 당당히 증명해보이고 싶다. 그것만이 하나의 고유한 인격체로서의 존엄과 욕망, 존재 가치를 드러내는 일이라 생각하기 때문이다. 그러므로 삶도 사랑도 멈출 수 없다.

소설에서 나의 뼈를 때리는 문장이 하나 더 있다.

●

"이미 벌어진 행위, 일어난 사건이란 필연성에 의한다. 다른 무엇이 더 있겠는가!"

화자의 독백이 나의 모골을 송연하게 한다. 생각건대, 운명은 필연으로 정해진 것이 아니다. 수많은 우연이 쌓여 만들어진다. 다만 그 우연을 만든 주체가 나 자신이 아니었다는 사실이 애통할 뿐이다.

쨍쨍하던 해가 갑자기 검은 구름 속으로 들어가버리자 모든 그림자도 일제히 자취를 감췄다. 세상은 다시 깊은 정적 속으로 빠져들었다. 그때 '쇠사슬로 단단히 묶여 있는 이에게 날개가 무슨 소용이 있을까?'라고 토로하던 페터 슐레밀의 탄식이 내 입속에서도 저절로 튀어나왔다.

●

와유거사臥遊居士 탄생기

중국 남북조시대 송나라 때 종병宗炳(375~443)이라는 화가가 있었다. 산수화의 효시로 불리는 사람이다. 그는 늙어서 더는 산수유람山水遊覽을 할 수 없게 되었다. 고심 끝에 전국 명승지 산수화를 그려 자신의 방 벽에 걸어놓고 이렇게 자위했다.

"병들고 늙음이 함께 오니 명산을 두루 보기 어려울까 두렵구나. 오직 마음을 맑게 하고 도를 관조하면서 와유臥遊하리라."

거기서 '와유', 즉 누워서 즐긴다는 말이 유래했다. 한마디로 그는 어떤 대상을 취미로 즐기며 구경하는 완상玩賞의 경지에 오른 최초의 인물이라고 할 수 있다.

나는 30대 초반에 우연히 '와유'라는 말을 처음 접했다. 그걸 계기로 거사居士를 붙여 와유거사臥遊居士라 자칭했다. 일순간 나에게 타락할 수 있는 자유는 사라졌지만 게으를 수 있는 자유는 무제한으로 주어졌기 때문이다. 아무리 생각해도 이것보다 나를 더 잘 표현

19

할 말을 찾을 수 없었다. 또 '와유'에다 집 당堂자를 붙여 와유당臥遊堂이라 칭하니 당호堂號로서도 제격이었다. 그런 이유로 이 두 가지를 아호雅號와 당호로 줄곧 써오고 있다.

나는 화가 종병처럼 그림뿐 아니라 뛰어난 머리도 재주도 없다. 언감생심焉敢生心 완상의 경지를 누릴 수는 더더욱 없다. 그저 궁여지책으로 찾아낸 일이 독서와 글쓰기다. 그 일로 보낸 세월이 오래다. 하지만 부끄럽게도 제대로 된 밥벌이를 해본 적이 없다. 여태 변두리 무명시인으로 머물고 있기 때문이다.

그러나 그 일마저 하지 않는다면 밥만 축내는 축생畜生의 삶과 다를 바 없다. 다행히 아직은 머릿속이 맑은 편이다. 은퇴 정년도 없는 일이라 다소 위안이 된다. 죽을 때까지 해도 뭐라 흉볼 사람도 없을 테니 말이다.

바야흐로 100세시대를 맞이했다. 서양에서는 65세~75세를 '영올드young old'(젊은 노년)또는 '액티브 리타이어먼트active retirement' (활동적 은퇴기)라고 부른다. 이는 사회활동을 충분히 할 만한 나이란 의미다. 또 누군가는 '인생 백 년 사계절 설說'을 주장하며 25세까지는 '봄', 50세까지는 '여름', 75세까지는 '가을', 100세까지는 '겨울'이라고 한다. 그러나 이러한 육체적 나이보다도 더 중요한 것이 정신적인 젊음이다.

미국의 교육자이자 시인이었던 새뮤얼 울만은 「청춘Youth」이란 시에서 '청춘은 인생의 어떤 기간이 아니라 마음의 상태를 말하는 것이다/ (중략) / 세월은 흐르면서 피부에 주름을 남기지만, 열정을 잃으면 영혼에 주름이 지게 한다/ 단지 세월을 거듭하는 것만으로 사람은 늙지 않는다/ 우리의 이상을 잃어버릴 때 비로소 늙게 되는 것이다'라고 노래했다.

상수上壽를 넘긴 철학자 김형석 교수는 "인생을 되돌릴 수 있다면 60대로 돌아가고 싶다"라고 말했다. 65~75세일 때가 인생의 황금기였음을 깨달았기 때문이란다. 그 나이가 되어서야 비로소 인생의 참맛을 느꼈고 어떻게 살아야 했는지를 알았다고 한다. 그야말로 나이는 숫자에 불과하다. 나는 아직 진행형이고 많은 기회가 남아 있는 셈이다.

살아생전 '첼로의 성자'로 불리던 스페인 출신의 세계적 첼리스트 파블로 카살스는 97세까지 살았다. 그는 90세가 넘어서도 하루 6시간씩 첼로 연습을 했다. 어떤 기자가 "선생님 같은 대가께서 왜 하루도 거르지 않고 그렇게 열심히 첼로 연습을 하십니까? 인제 그만 쉬셔도 될 텐데요"라고 했더니, "나는 지금도 매일매일 발전해가는 것 같소!"라고 대답했다고 한다. 또한, 세계적인 경영학자였던 피터 드러커는 95세로 타계하기 직전까지 강연과 집필 활동을 멈추지 않았다. 어느 날 『페루의 민속사』를 읽고 있던 그를 본 젊은이가 "선생님, 아직도 공부하세요?"라고 묻자, "인간은 호기심을 잃는 순간, 늙는다"라는 말로 모두의 혀를 내두르게 했다. 그밖에도 올해로 팔순八旬을 넘긴 세계적 테너 플라시도 도밍고는 휴식을 종용하는 지인의 조언에 대해 "쉬면 늙는다If I rest, I rust"라며 손사래를 쳤다. 그는 '바쁜 마음'이야말로 '건강한 마음'이라며 지금도 노익장을 과시하고 있다. 제 아무리 대가라 해도 현실에 안주하면 도태되게 마련이다. 매일 변화하지 않으면 살아남지 못한다. 인간은 배움을 멈추는 순간, 늙기 시작한다.

이들의 공통점은 하나같이 꿈과 열정을 가지고 살았고, 살고 있다는 것이다. 정신과 의사들은 "마음이 청춘이면 몸도 청춘이 된다"라고 말한다. 혹여 '내가 이 나이에 무슨…'이라는 소극적인 생각은 절대 금물이라는 것이다. 의학적으로 노령에도 뇌세포는 계속 증식하기 때문이다.

죽을 때까지 공부하고 배움을 멈추지 말아야 한다. 늙음은 나이보다도 마음의 문제다. 죽고 사는 건 마음대로 조절할 수 없다. 그러니 항상 이상과 열정을 품고 끊임없이 새로운 일에 도전해야 한다. 바쁘게 사는 것이야말로 젊음과 장수의 비결이기 때문이다.

아무리 명검名劍이라도 자주 벼리고 써야 녹슬지 않는다. 사람도 생각하는 바를 계속 실천해야만 세상에 스스로 존재 가치를 발휘할 수 있다. 일찍이 공자가 15세를 지학志學, 20세를 약관弱冠, 30세를 이립而立, 40세를 불혹不惑, 50세를 지천명知天命, 60세를 이순耳順, 70세를 종심從心이라고 칭한 것은 각각의 나이에 걸맞은 자세와 태도를 강조하기 위함이다. 이밖에도 사람들이 80세를 산수傘壽, 88세를 미수米壽, 90세를 졸수卒壽, 99세를 백수白壽, 100세를 상수上壽,

110세를 황수皇壽, 120세를 천수天壽라 구분해 칭한 것에는 다 그만한 이유가 있다.

이순을 넘으니 비로소 뼛속 깊이 체감하는 말 두 가지가 있다. 바로 역지사지易地思之와 측은지심惻隱之心이다. 처지를 바꿔 생각해보면 상대방을 이해 못할 일도 없다. 또한, 상대방을 측은하게 여기면 인간적 연민과 동정을 느끼게 되어 마음이 한결 너그러워진다.

프랑스의 문호 앙드레 지드는 "늙기는 쉽지만, 아름답게 늙기는 어렵다"라고 말했다. 인간이 늙는다는 것은 보편적인 자연현상이다. 하지만 아름답게 늙는다는 건 지극히 선택적이다. 주변을 둘러보면 그냥 늙어가는 사람은 수두룩하다. 반면에 아름답게 늙어가는 사람은 보기 드물다. 이것이 바로 내가 더욱 분발해야 하는 이유다.

가을날의 초상

초가을이다. 앞마당의 네댓 평쯤 되는 화단에서 꽃들이 차례로 저물고 있다. 가장 먼저 분꽃이 지고, 채송화가 지고, 봉숭아꽃이 졌다. 날이 갈수록 점점 사위는 가을볕에 의지한 몇 그루의 불꽃맨드라미들만이 이름에 걸맞게 마지막 불꽃을 빨갛게 태우고 있다. 그 늠연한 모습이 파수꾼 같다.

휴일 오후, 아내를 채근해 꽃씨들을 털게 했다. 살짝 건드리기만 해도 후두두 떨어지는 꽃씨들을 손으로 조심스레 받아내는 그녀의 뒷모습을 바라보며 생각에 잠겼다. 분명 지금 우리 앞의 고난에는 숨은 뜻이 있으리라. 삼라만상森羅萬象은 모두 다 존재 이유와 그만의 가치가 있다는데…. 하지만 누구도 우리가 처한 고통에 대해서 잘 모른다. 그런 사실이 나를 우울하고 서글프게 한다.

아내는 모친의 뒤를 이어 나의 수족이 된 사람이다. 우리 모자가 다니던 성당에서 처음엔 자원봉사자로 찾아왔었다. 그러다 인연이

차츰 깊어지며 마침내 나를 고난의 십자가로 짊어졌다. '비아 돌로로사Via Dolorosa'(예수가 십자가를 지고 처형지 골고다 언덕까지 걸어간 수난의 길)로 나선 것이다. 그런 아내의 사랑과 헌신 덕분에 지금 이만큼이라도 사람 구실을 하며 산다. 주변 사람들은 이구동성으로 말한다. 내 아내야말로 하느님께서 나를 긍휼히 여기사 보내주신 '날개 없는 천사'라고.

한 가지 애통한 점은 아내가 유방암과 난소암 후유증으로 아직도 살얼음판을 걷고 있다는 사실이다. 먼저 발병한 유방암 원인은 가족력으로, 나중의 난소암은 CA125라는 특이 유전자 때문에 생겨난 몹쓸 종양이다.

지금부터 10년 전, 그녀의 오른쪽 유방은 자취도 없이 사라졌다. 뒤이어 5년 전엔 난소 종양을 제거하기 위해 난소와 자궁뿐만 아니라 복강 내 림프샘들까지 들어냈다. 하는 수 없이 명치에서 하복부까지 개복해야만 했다. 그 수술 흔적으로 복부 상하로 길게 검붉은 색의 켈로이드가 남아 있다. 볼 때마다 안쓰럽다 못해 존경스럽다.

그런 아내가 여전히 고령의 친정아버지와 남동생, 무능한 남편을 위해 밥 짓고 빨래하고 청소하며 직장에도 나간다. 또 끼니 때마다 내 입에 밥숟갈을 떠넣어준다. 씻기고 입히고 진자리 마른자리를 갈아준다. 상황이 이러하니 '슈퍼우먼' 소리를 들어 마땅하다.

지금 우리 부부는 난파선을 함께 타고 있는 셈이다. 프랑스의 철학자 미셸 푸코는『광기의 역사』에서 "구원을 위해서 그대는 그대의 병을 인내하라. 주님께서는 병 때문에 그대를 미워하는 것이 아니며, 그대를 그대의 벗들로부터 떼어놓는 것도 아니다. 인내하라. 그러면 구원받을지니, 부잣집 문 앞에서 죽은 문둥병자처럼 그대로 곧바로 천국으로 가게 될 것이니라"는 비엔나 교회의 전례서에 나온 구절들을 인용하고 있다. 솔직히 이 대목을 읽는 순간, 일견 수긍이 가면서도 마음 한쪽으로는 참담한 기분을 떨칠 수가 없었다.

무엇보다도 아내를 살린 것은 현대의학과 의료진의 노고 덕분이다. 또 그녀 자신의 독실한 신앙심과 강한 투병 의지, 이웃들의 기도와 성원이 더해졌기 때문이라고 생각한다. 까닭에 우리 부부는 가족과 형제, 모든 이웃의 도움과 기도, 신의 은총에 깊이 감사한다. 아울러 서로의 처지를 겸허한 마음으로 인내한다. 설사 나는 구원받지 못할지라도 아내만큼은 구원을 받아 반드시 천국에 들어가길 날마다 간절히 기도한다.

실상은 우리도 여느 부부들처럼 결혼생활이 녹록지 않았다. 서로 자라온 환경과 습관이 다르다보니, 무심코 던진 말 한마디 때문에, 성격이 맞지 않아서, 취향이 달라서, 경제적인 이유로도 자주 부딪쳤다. 이제는 서로를 측은지심으로 대한다. 여전히 아내는 6개월마다 암 검진을 받는다. 그런데도 생계를 위해 아침마다 종종걸음으로 현관문을 나서는 그녀의 뒷모습을 볼 때마다 목울대가 뜨거워진다. 온종일 아내의 눈부처가 어른거린다.

누군가 "결혼의 성공은 단순히 좋은 짝을 찾은 데에서 오는 게 아

●

니라 좋은 짝이 되는 데에서 온다"라고 했다. 또 다른 이는 "성공적 결혼은 완벽한 두 사람의 결합이 아니라 두 불완전한 사람이 서로 용서와 포용을 배우는 것"이라고 했다.

돌아보면 우리는 폭풍우 속에서 넘어지지 않기 위해 혼신을 다했다. 존재의 등뼈를 곧추세우고, 밥 먹듯 희망과 절망을 오르내리며, 안간힘으로 여기까지 왔다. 그런 우리 자신에게 정말 잘 견뎠다! 잘 버텼다! 잘 왔다! 라고 다독이며 칭찬해주고 싶다.

그동안 나의 비루한 삶이 외롭고 쓸쓸하지 않았던 건 오로지 아내의 희생과 헌신 덕분이다. 곁에 있다는 사실만으로도 얼마나 눈물겹고 든든한 힘이 되었는지를 너무나 잘 알고 있기 때문이다. 그녀가 보여준 사랑과 헌신을 생각하매 감읍한 마음이 바다처럼 넓고 깊다.

고백하건대 나는 천둥벌거숭이처럼 청춘을 건넌 뒤에야 깨달았다. 인간은 견딜 수 있을 만큼만 아프면서 진화한다는 것을. 그리고 인생에는 필연 같은 우연이 있어 모든 인연의 끈이 계속 이어진다는 것을 말이다. 따라서 현재 우리 부부가 겪고 있는 이 징글징글한 삶을 끝까지 감사한 마음으로 살아가기를 소망한다.

삶은 한바탕 난장 같은 것이다. 다른 한편으로는 더불어 아름다운 인연의 꽃밭을 가꾸며 추억의 꽃들을 무장무장 피워내는 일이다. 기실 우리에게는 사랑할 날이 그리 많이 남아 있지 않다. 생각처럼 잘 안 되지만 사랑할 수 있는 한 더 많이 사랑하며 살리라 다짐한다. 이 글을 빌려 다시 한번 아내의 사랑과 은혜에 마음 깊이 고마움을 전한다. 프리드리히 니체는 『우상의 황혼』에서 "나를 죽이지 못하는 시련은 나를 더욱더 강하게 만든다"라고 말했다. 그렇다. 지금 우리 부부를 괴롭히고 있는 모든 시련은 우리를 더욱 강하게 만들고 있을 뿐이다.

아내는 살아생전의 선친이 하시던 것처럼 털어낸 꽃씨를 검은 비닐봉지에 담아 고무줄로 꽁꽁 묶었다. 그런 다음 냉동실 포켓 한쪽 구석에 넣었다. 이제 꽃씨들은 내년 봄 다시 꽃 피울 날을 기다리며 기나긴 겨울잠에 빠져들 것이다.

때마침 집 근처 우암산牛岩山에서 날아온 멧비둘기 한 쌍이 전깃줄에 앉아 잠시 서로 부리를 비벼대며 구구거린다. 그리고 약속이라도 한 듯이 어디론가 훌쩍 날아가버렸다. 언젠가 우리 부부도 저렇게 함께 떠날 수 있다면 더 바랄 게 없을 것 같다. 불현듯 프란츠 리스트의 〈사랑할 수 있는 한 사랑하라〉는 피아노곡이 듣고 싶다.

●

아내를 시험에 들게 하지 마라

의처증이 심한 남편이 있었다. 그는 아내가 집 밖엘 나갔다오기만 해도 "나가서 어떤 놈을 만났냐? 그놈이랑 무슨 짓을 했냐?"는 둥 괴롭히기 일쑤였다. 아내는 그런 남편의 일상적인 학대와 폭압 속에서도 묵묵히 가정과 아이들을 지켰다. 날이 갈수록 남편의 증상과 폭력은 도를 더해갔다. 주위에서 보다 못한 사람들이 경찰에 신고했다. 남편은 결국 정신병동에 격리됐다. 다행히 치료 결과가 좋았다.

얼마 뒤 퇴원한 남편은 자신의 잘못을 깊이 뉘우치고 아내에게 이혼을 요구했다. 그러면서 "이 집에서 당신이 가져가고 싶은 게 있다면 아이들을 포함해서 몽땅 다 갖고 가도 좋아!"라고 말했다. 이 말을 들은 아내는 설움이 북받쳐 한참을 울다가 보자기 하나를 가져다 방바닥에 펼쳐 놓았다.

"자, 당신이 이 보자기 안으로 들어오세요. 이 집에서 내가 가져갈 건 당신밖에 없으니까요. 어서요!"

남편은 그 순간 몹시 당황했다. 아내에게 이혼을 요구하면 얼른 '좋아라!' 할 줄 알았는데 그게 아니었다. 예상과는 전혀 다른 아내의 반응에 얼음처럼 굳어 있던 남편이 아내를 힘껏 끌어안았다.

"여보, 정말 미안하오! 내가 그동안 당신과 아이들을 너무 괴롭혔지? 이제 앞으로 다시는 그러지 않을 거요. 나를 용서해주오."

두 사람은 서로를 꼬옥 끌어안은 채 한참을 소리내어 울었다. 옆에서 이 광경을 지켜보고 있던 어린 두 남매도 덩달아 따라 울었다. 그 집엔 마침내 웃음꽃이 피었다. 행복한 가정이 되었다.

나의 가까운 지인이 겪은 실화다. 언젠가 이 이야기를 친구들과의 술자리에서 소개한 적이 있다. 그리고 얼마 뒤 한 친구의 얘기에 모두가 배를 움켜잡고 웃는 일이 벌어졌다. 그 친구는 아내가 자기를 얼마나 사랑하는지 알고 싶어서 퇴근길에 술 한잔을 걸쳤다. 그러고는 불콰해진 얼굴로 귀가하자마자 거실 바닥에 보자기를 펼쳐놓고 심각한 표정으로 "여보, 나 당신과 이혼하고 싶어. 그리고 당신이 이 집에서 꼭 가져가고 싶은 게 있으면 이 보자기에 죄다 싸도 좋아!"라고 말했단다. 그랬더니 그의 아내가 한 치의 망설임도 없이 대답하길 "이혼하자구? 그래 좋아. 나도 기다리던 바야. 그리고 이 집에선 당신만 빼놓고 몽땅 다 가져갈 거니까 당신, 한 입으로 두말하기 없어."

친구는 아내의 그런 말과 태도를 보고 듣는 순간, 아차 싶었단다.

●

그래서 즉시 정색하며 "아니야, 솔직히 당신이 날 얼마나 사랑하는지 시험해보고 싶어서 그랬던 거야. 글쎄 말이야. 의처증으로 자신의 아내를 몹시 괴롭히던 어떤 놈이…."

그 친구는 아내의 서릿발 같은 반응에 술이 번쩍 깨 자초지종을 털어놓아야만 했다. 또한, 자신의 말과 행동에 대해서 깊이 후회했다고 한다. 참으로 웃픈 한 편의 콩트 같은 일화다.

언젠가 미국에서 실시한 '가장 행복한 미국인을 찾는 정책'이란 프로젝트에서 나온 흥미로운 연구결과를 본 적이 있다. 그 프로젝트에 참여한 5개 연구기관에서 공통으로 찾아낸 '가장 행복한 미국인'의 모델은 우리가 흔히 생각하는 부나 권력, 명예, 직업, 건강, 학력, 외모, 종교 등 외형적인 조건을 다 갖춘 사람들이 아니라 '가족 관계가 좋은 사람'이었다. 그 중에서도 특히 '부부 관계가 좋은 사람들이 가장 행복한 사람'이라는 것이다.

결론적으로 아무리 사회적 지위와 명예, 부를 누리더라도 부부 관계가 원만치 못하다면 불행하다는 것이다. 가화만사성은 역시 부부 금실이 기본이다. 흔히들 부부는 전생의 원수지간이었다고 하지만 단연코 아니다. 인연 중의 인연이며 78억분의 1의 확률로 맺어진 매우 특별한 관계다. 둘 사이엔 남들이 도저히 이해할 수 없는 어떤 인연의 끈이 연결되어 있다. 대단히 신비하고도 오묘한 관계다.

모든 부부는 서로 사랑하여 한평생을 해로하길 소망하며 결혼을 한다. 그러나 살다보면 이상과 현실엔 엄청난 괴리가 있게 마련이다. 또는 애초의 기대와 달리 매우 실망스럽거나 전혀 엉뚱한 방향으로 어긋나는 결혼생활에 염증을 느낀다. 결국, 파탄에 이르는 경우도 생긴다.

혹자는 우스갯소리로 부부는 사랑으로 사는 게 아니라 전우애로 산다고 말한다. 아무리 금실이 좋은 부부라 할지라도 사는 동안에 왜 미움과 다툼이 없겠는가? 또 하루에도 몇 번씩 결혼을 후회하며 갈라서고 싶은 마음이 굴뚝같을 때가 있다. 하지만 딸린 자식 때문에, 또는 여러 이유로 이혼의 파국을 가까스로 면하는 부부들이 한둘이 아니다. 그런 과정에서 자연스레 미운 정 고운 정이 들게 마련이다.

늘 강단을 보여왔던 아내도 세월의 흐름엔 어쩔 수 없는지 요즘 들어서는 부쩍 힘겨워하는 모습을 자주 보인다. 그런 아내를 볼 때마다 모든 게 내 탓인 것 같아서 사뭇 미안하고 가슴이 미어진다. 한데도 '고마워! 미안해! 사랑해!'란 말이 늘 입안에서만 맴돈다. 친구들을 만나 수다를 떨며 술을 마실 땐 그렇게 잘도 벌어지던 입이 왜 아내 앞에서는 무쇠 자물통이 되는지 모르겠다. 이제라도 그 자물쇠 구멍에 열쇠를 끼워넣고 저녁에 퇴근해 돌아오는 아내에게 "수고했어!"라는 살가운 말 한마디부터 시작해볼 작정이다.

구약성서 속 아담과 이브를 시작으로 아브라함과 사라, 이삭과 리브, 야곱과 라헬, 보와스와 룻, 다윗과 아비가일 이후 요셉과 마리아 부부에 이르기까지 그들이 부부로서 지킨 믿음, 소망, 사랑, 위

●

로, 인내, 순종, 존경, 감사 등의 덕목을 다시 생각해본다. 만일 부부가 전생에 원수지간이었다면, '원수를 사랑하라!'는 예수님의 말씀은 마땅히 부부 사이부터 적용되어야 한다.

아내를 시험에 들게 하지 마라! 혹시 지금, 아내를 시험해보고 싶은 남편이 있다면 포기하기 바란다. 당신의 아내는 이미 오래 전부터 당신을 시험하는 중이다.

모년 모월 모일의 일기

2주 만에 그녀가 왔다. 여느 때처럼 말끔히 빗어넘긴 긴 생머리에 단정한 정장 차림이었다. 간단히 그간의 안부를 묻고는 PC에 저장해놓은 강의 노트를 열었다. 순서에 따라 곧장 수업을 시작했다. 한데 내가 미리 읽어오라고 과제로 내준 시 모음집에 대한 소감을 물었더니 반밖에 읽지 않아 잘 모르겠다고 한다. 기분이 언짢았다. 하지만 대놓고 화를 내거나 혼낼 수 있는 처지도 아니었다.

그녀를 알게 된 건 아내 때문이다. 아내로부터 그녀의 어려운 집안 사정과 딱한 처지를 듣고는 측은지심이 들었다. 그녀는 어릴 적부터 가정불화와 부모의 이혼으로 심한 정신적 충격을 받아 학교생활에 적응을 못했다. 결국, 중학교 2학년 때 자퇴를 했다. 그 이후로 스물세 살이 된 지금껏 은둔형 외톨이처럼 집안에만 틀어박혀 살고 있다는 것이다. 다행히 홀어머니의 간곡한 부탁으로 몇 차례 음성 꽃동네 철야기도회에 참석했다. 그때 아내와 만나 인연을 맺게 되었다.

어느 날 아내는 그녀의 엄마와 깊은 대화를 나누던 중에 뜻밖의 사실을 알게 됐다. 평소 그녀가 시 쓰기를 무척 좋아하는데 마땅히 배울 선생도 기회도 없다는 하소연이었다. 그때 일을 계기로 오지랖 넓은 아내가 특별히 내게 부탁을 해왔다. 그날 이후 계속되는 아내의 채근에 하는 수 없이 떠맡은 독선생獨先生 노릇이었다.

나의 순수한 연민과 열정에서 시작된 수업은 뜻대로 잘 되질 않는다. 애초에 기대했던 바와 달리 그녀 자신이 공부를 게을리할 뿐만 아니라 갈수록 수업 태도에도 문제를 보인다. 그녀의 말로는 고졸 검정고시도 기도만 열심히 해서 시험에 붙었으니 추후 방송통신대 입학도 전형 절차와 방법 등만 내가 알아봐주면 합격에 문제가 없을 거라 흰소리를 친다. 어이가 없고 전혀 신뢰가 가질 않는다. 그저 허튼소리로 들릴 뿐이다.

한데 그녀가 수업 끝에 세 가지를 부탁해왔다. 첫 번째는 아빠 같은 선생이 되어달라. 두 번째는 어떤 경우에도 자신을 혼내지 말고 칭찬을 많이 해달라. 세 번째는 오늘 자기에 대한 인상과 나눴던 이야기들을 일기로 써서 이메일로 보내달라는 거였다. 당돌하고 맹랑하기 그지없는 요구에 순간적으로 욱하고 치밀어올랐다. 애써 꾹꾹 눌러 참아가며 그녀의 요청을 완곡히 거절했다. 헤어지는 순간까지 우리 사이에는 어색한 기운이 먹장구름처럼 잔뜩 끼어 있었다.

아니나 다를까. 그녀가 집에 돌아가자마자 전화를 걸어왔다. 나지막하고도 결기 서린 목소리로 말했다. 재차 자신에게 편지를 보내달라는 거였다. 나는 그만 엉겁결에 그러겠노라 대답을 하고 말았다. 이전에 아내로부터 그녀가 몇 번의 자해행위와 자살소동을 벌인 적이 있었다는 이야기를 들었던 게 머릿속에서 떠올랐기 때문이다. 마음 한편으로는 그녀가 그동안 얼마나 칭찬에 굶주렸으면, 자신을 이해해주는 사람이 얼마나 없었으면, 자신의 존재를 얼마나 확인받고 싶었으면 그랬을까 하는 연민과 동정심이 일었다.

마음이 무척 혼란스러운 가운데 '나같이 별 볼 일 없는 독선생이 뭐라고 마음의 병을 앓고 있는 딸아이 같은 아이에게 되지도 않는 권위를 세운단 말인가. 초심으로 돌아가자! 그저 아이와 눈높이를 맞추고, 있는 그대로 보아주고, 하는 얘기들을 묵묵히 들어주자!'라고 마음을 고쳐먹었다.

이럴 땐 이것저것 따지지 말고 내가 먼저 낮아지면 된다. 그녀가 바라는 바대로 아빠와 같이 너른 마음으로 그 모습을 사랑하고 칭찬하는 편지 한 통을 써보내는 것이다. 그녀가 시인이 되고 안 되는 건 나중 문제다. 무엇보다 지금 그녀에게 중요한 건 홀로서기다. 그녀를 햇빛 속으로 불러내 사람들과 당당히 소통하게끔 도와주는 것이 멘토로서의 내 역할이다. 그깟 편지 한 통이 무슨 대수란 말인가.

이제라도 그녀 스스로 잃어버린 자존감을 찾고 앞으로의 삶에 용기를 낼 수 있도록 길라잡이가 되어주는 것이 내 역할이다. 그 이상도 이하도 아니다. 한발 더 나아가 타인을 사랑하고 그들과 소통할 기회를 만들어주면 충분하다. 다른 한편으로는 '내 앞가림도 못하는 주제에 과연 누군가를 가르칠 만한 실력과 인격을 갖췄는가?'라는 자문에 자신감이 뚝 떨어지는 것도 숨길 수 없는 사실이다.

솔직히 지금으로선 그녀와 얼마나 더 오래 함께할지, 무엇을 가르칠 수 있을지 모르겠다. 고심 끝에 그녀에게 이메일을 보냈다.

J에게!

누가 뭐래도 넌 이 세상에 단 하나밖에 없는 가장 소중한 존재란다.

또한, 누구보다도 정숙하고 사랑스럽고 예쁜 아가씨란다.

게다가 너는 보통 사람들이 갖지 못한 뛰어난 글재주를 갖고 있단다.

그런 탤런트를 지닌 자신에게 자부심을 느껴라.

너나없이 인간이란 불완전한 존재란다.

지금 너를 괴롭히고 있는 모든 것들로부터 뛰쳐나오너라.

네가 소망하는 한가지에만 오롯이 집중하기 바란다.

이 세상에 한꺼번에 단번에 이룰 수 있는 것은 아무것도 없단다.

네가 진정으로 장래에 이루고자 하는 꿈과 소망이 있다면,

그것에 완전히 몰입해야만 한다.

불광불급不狂不及이란 말이 있다.

●

37

즉, 무엇엔가 미치지 아니하면 목표하는 바에 절대로 이르지 못한다.

이것이 엄연한 세상의 이치란다.

만일 네가 대학에 들어가 공부하고 싶다면 그것에 집중해야 한다.

또 시인이 되길 간절히 원한다면,

날마다 열심히 읽고 생각하고 많이 쓰는 수밖에는 없단다.

하루도 쉬지 않고 꾸준히 그 일에 집중하다보면

언젠가 꿈을 이룬 자신을 발견하게 될 거다.

매사 매 순간을 그렇게 최선을 다하다보면

가까운 장래에 네 앞에 백마 탄 왕자도 나타날 테고,

네가 그렇게도 듣고 싶어하는 사모님과 여사님 소리도 들을 수 있을 거다.

부디 하느님의 강녕과 평화, 은총 속에 머물기를 두 손 모아 기도한다.

— 못난 너의 독선생으로부터

초짜 컬렉터 분투기

경기도 수원시 소재 모 시립도서관에 다녀왔다. 오래 전부터 알고 지내던 도서관장 B의 초청 강연 의뢰를 받고서였다.

새해를 맞이해 시민을 상대로 희망의 메시지를 전할 수 있는 강연을 해달라는 거였다. 전화를 받고 나서 처음엔 망설였다. 그러나 그와의 오랜 친분과 인연을 생각하니 거절하기가 쉽지 않았다. 잠깐 고민 끝에 흔쾌히 수락했다.

마침내 한 달여 준비 끝에 강단에 섰다. 매번 겪는 통과의례지만 손발 하나 쓸 수 없는 내 처지에선 아내가 옆에서 도와줘야만 가능한 일이다. 시간 관계상 준비해간 내용을 미처 다 전달할 수는 없었다. 다행히 강연은 성공리에 마쳤다. 뒤이어 B가 안내한 인근 오리구이집으로 자리를 옮겨 함께 저녁 식사를 했다.

그날 밤 우리 부부는 동행한 처남과 B가 예약해둔 화성행궁 앞 호스텔에서 여장을 풀었다. 얼마 뒤 B가 직접 준비해온 매향통닭과

●

생맥주를 마시고 기분 좋게 잠자리에 들었다.

다음 날 아침 일찍 B가 숙소로 찾아왔다. 우리 일행을 관광시켜주려고 일부러 하루 휴가를 냈다고 했다. 그가 미리 부탁해둔 미모의 문화유산해설사를 앞세워 화성행궁을 찬찬히 둘러볼 기회를 얻었다. 우리는 중요한 장소에 들를 때마다 인증샷을 찍는 것도 잊지 않았다. 정신없이 돌아다니다보니 점심때가 되었다.

허기가 밀려왔다. 화성행궁 앞 식당을 찾아 양푼이 김치찌개를 주문했다. 마파람에 게 눈 감추듯 점심을 먹었다. 기분 좋게 반주로 막걸리 한 병을 나눠 마셨다. 시장이 반찬이라고, 밥맛도 술맛도 꿀맛이었다.

식당에서 나오니 바로 앞은 '행궁길 갤러리'였다. 때마침 그곳에서는 모 여성 화가의 수채화 전시회가 열리고 있었다. 우리 셋은 B가 앞장선 전시장 안으로 뒤따라 들어갔다.

그 순간, 유독 내 시선을 빼앗은 수채화 두 점이 있었다. 벽면에 나란히 걸려 있는 맨드라미꽃 그림이었다. 그야말로 '스탕달 증후군'(미술품 등 예술 작품을 보고 심장박동이 빨라지거나 현기증을 느끼는 증상)에 버금가는 운명적인 조우였다. 각각의 꽃송이에 세상 뜨신 부모님 얼굴이 겹쳐 보였기 때문이다.

나는 홀린 듯 맨드라미꽃 그림 앞에서 한참을 머물렀다. 그리고 일행들이 묻지도 않았는데 주저리주저리 이야기를 풀어냈다. 3년 전 작고하신 선친과 우리 집 마당가의 같은 자리에서 매해 피어나던 맨드라미꽃에 대한 에피소드를 이어갔다. 이상하게도 맨드라미꽃은 선친이 세상 뜨신 이듬해부터는 그 자리에서 피어나질 않았다. 지금까지도 그 이유를 알 수 없다. 선친의 유고와 함께 꽃도 자취를 감춘 것이다. 추측건대, 당신께서 저승길 가실 때 외로우실까봐 가져가신 듯하다.

화성행궁박물관에서도 친절한 문화유산해설사의 안내를 받았다. 한 시간여에 걸친 해설을 들으며 난방으로 따뜻한 실내 기온에 깜빡깜빡 졸기까지 했다. 우리 일행은 관람을 마치고 구내 카페에 들렀다. 거기서 카푸치노 한 잔씩을 마시고 B와 헤어져 오후 4시쯤 청주로 향했다.

한데 집에 돌아와서도 맨드라미꽃 그림 두 점이 계속 눈에 밟혔다.

다음날 수채화 전시회에서 가져온 리플릿에 적혀 있는 화가의 전화번호를 확인했다. 용기를 내어 그녀에게 전화를 걸었다. 첫 반응은 냉랭했다. 그녀가 부른 그림 값의 절반을 뚝 자른 금액을 내가 제안했기 때문이다.

한참을 궁리 끝에 그녀에게 문자메시지를 보내기로 했다. 그것만으로는 부족한 것 같아서 맨드라미와 선친에 얽힌 일화를 모티브로 발표했던 창작시 「맨드라미 — 아버지를 기억하며」를 첨부했다.

볼 때마다
세상 뜬 느이 엄마가 밥보다 좋아하던 기주떡이 생각난다고

●

뜬금없는 얘기를 하며 쓸쓸히 웃으시던 당신

그 모진 삶을 닮은 맨드라미가

콘크리트 바닥 틈새를 뚫고 같은 자리에서

작년보다 더욱 탐스럽게 피어났습니다

어느덧 세상 떠나신 지 삼 년

물 한 방울 비료 한 톨 준 적 없는데

하늘 향해 사무치는 그리움처럼

빨간 맨드라미꽃 한 송이가 보란 듯이

피눈물 그렁그렁 맺혀 서 있습니다

횅하니 텅 빈 마당가에

다음날, 그녀로부터 장문의 답신이 도착했다. 나의 특별한 사연에 감동했다며 내가 제시한 금액을 자신의 계좌로 이체하면 전시회가 종료되는 즉시 그림 액자를 포장해서 택배로 보내주겠다는 내용이었다. 나는 고마운 마음을 담아 무려 A4지 다섯 장 분량의 답신을 보냈다. 거기엔 가슴 아픈 옛 추억과 나의 개인사를 절절히 담았다. 그날 오후에는 그림값도 그녀의 계좌로 이체했다.

내가 그림 두 점을 구매하겠다는 의사를 내비쳤을 때, 아내는 영 못마땅해했다. 왜 그 많은 그림 중에서 하필이면 맨드라미꽃 그림이냐며 볼멘소리를 했다. 거기다 내가 도서관에서 받은 강연료 전액을 투자하는 것부터가 마뜩잖았던 모양이다. 하지만 아내라 하더라도 이내 속마음을 어찌 다 알까. 나는 생애 첫 그림 구매를 뚝심 있게 밀어붙였다.

그런 일이 있은 지 1주일 뒤에 이중 삼중으로 단단히 포장된 그림 액자가 택배로 도착했다. 마침내 우리 집 거실 벽면에 붉은 맨드라미꽃 두 송이가 나란히 피었다. 돌아가신 양친이 환생하신 듯 환하게.

그림의 위대함은 단순히 눈에 보이는 것 이상의 울림을 준다. 그것은 시각적 묘사를 통해 관람자에게 그 순간의 상황과 분위기, 심지어 부재한 것까지 상상력을 발휘할 수 있게 만드는 데 있다.

나의 초짜 컬렉터 분투기는 이렇게 대단원의 막을 내렸다. 대신에 부모님은 그림 속 붉은 맨드라미꽃으로 다시 피어나셨다. 그러고는 밤낮없이 나를 내려다보고 계신다. 알베르 카뮈는 "짐승은 즐기다가 죽고 인간은 경이에 넘치다가 죽는다"라고 했다. 나는 매일 맨드라미꽃 두 송이에서 삶의 경이로움을 새삼 절감하고 있다.

사랑의 힘

영화 〈타이타닉〉의 주제가인 〈마이 하트 윌 고우 온My heart will go on〉으로 세계적 명성을 얻은 캐나다 출신의 디바 셀린 디온이 부른 〈더 파워 오브 러브The power of love〉란 노래가 있다. 가사 내용은 가수 특유의 고음으로 시원스레 뽑아내는 가창력만큼이나 절절하다.

최근에 81세 영국 할머니와 36세 이집트 남자가 45세의 나이차를 극복하고 결혼해 화제가 됐다. 두 사람은 페이스북에서 만나 사랑을 속삭이다 결혼에 골인했다. 현재는 남자의 비자 문제로 각각 이집트와 영국에 떨어져 살고 있다. 하지만 페이스북을 통해 변함없는 애정을 드러내고 있다. 한발 더 나아가 그녀는 방송 프로그램에도 출연해 45세 연하 남편과의 격렬한 성생활에 대해서도 노골적으로 공개했을 정도다.

미국에서도 18세 남자와 71세 여자가 53세의 나이차를 극복하고 6년 넘게 행복한 결혼생활을 이어가고 있다. 그들은 SNS에 자신들

●

44

의 일상을 공개하며 사람들의 이목을 끌고 있다. 지난 2015년 남자는 이모와 함께 장례식에 갔다가 장남의 죽음으로 슬픔에 빠져 있던 여자를 만났다. 두 사람은 서로 첫눈에 반해 만난 지 2주 만에 남자의 이모 집 앞에서 결혼식을 올렸다. 남자는 지금도 매일 더 사랑에 빠진다며 사랑은 나이 차이보다 서로의 합이 중요하다고 밝혔다. 이어서 '아내가 죽으면 어떻게 할 것이냐?'는 질문에 누구라도 나이가 많다고 먼저 죽을 거라 확신할 수 없다고 강변했다. 현재 24세인 남자와 77세 여자의 애정전선에는 아무런 문제가 없다.

위의 두 사연이 자칫 손자뻘 청년들과 사랑에 빠진 욕심 많은 할머니들(?)의 이야기로 폄하되지 않길 바란다. 말 그대로 사랑엔 국경도 나이도 없다. 운명적 사랑이란 바로 이런 경우를 두고 하는 말일 게다. 사랑은 어느 날 우연히 마른하늘에 천둥번개가 치듯, 갑자기 눈앞이 아득해지고 귓속에 종소리가 들리는 듯 그렇게 온다 하지 않던가. 그런 사랑을 꿈꿔보지 않은 사람은 없을 테다.

연상연하 남녀 간의 결혼도 이혼도 흠이 아닌 세상이다. 가끔 십수 년 이상의 나이차가 나는 여성과 결혼하는 노총각 연예인에게 우스갯소리로 도둑X란 소리를 한다. 그러나 서너 살 이하의 연하남과 커플이 되는 여성 연예인에게는 도둑X라고 하지 않는다. 너무나 흔한 일이 되었기 때문이다. 오래 전엔 조혼풍습과 함께 권력이나 부를 지닌 여성들이 연하남들은 물론 심지어 미소년들과도 염문을 뿌린 사례는 허다하다. 그렇다 해도 위의 두 경우처럼 45년과 53년의 나이차를 극복하는 건 결코 쉬운 일이 아니다.

　누군가 역사적으로 유명한 연상연하 커플을 꼽으라면, 나는 조금도 망설이지 않고 다음의 두 사례를 든다. 첫 번째가 12세기 프랑스를 대표하는 철학자이자 신학자였던 39세의 아벨라르가 17세의 제자 엘로이즈와 애정행각을 벌이다 자객들에 의해 거세를 당해 수도자가 된 일이다. 엘로이즈 역시 나중에 수녀원장의 자리에까지 올랐다. 훗날 아벨라르는 『나의 불행한 이야기』를 통해 "책을 펼쳐놓고 학문에 관한 대화보다는 사랑에 관한 대화가 더 많았으며, 설명보다는 키스가 더 많았네. 내 손은 책보다 그녀의 가슴으로 가는 일이 많았지. 우리의 눈은 문자를 더듬을 때보다 서로를 마주 보는 일이 더 많았네. 되도록 의심받지 않기 위해 때로 나는 그녀에게 매를 들었지. 분노의 매가 아니라 사랑의 매, 미움의 매가 아니라 애정의 매였네. 이 매질은 어떤 향료보다 달콤했네. 결국, 우리는 사랑의 모든 행태에 탐닉했으며, 사랑이 베풀어줄 수 있는 모든 희열을 맛보았네"라고 회고한다.

　엘로이즈 또한 편지에서 "아우구스투스 황제가 저를 결혼 상대로 적합하다고 하여 전 우주를 지배하도록 해주겠노라 확약한다고 하더라도 그의 황후로 불리기보다는 당신의 창부로 불리는 쪽이 제게는 훨씬 더 가치 있는 것이라고 자신 있게 말할 수 있어요"라고 고백할 정도로 평생 서로를 그리워하며 서신을 주고받았다. 두 사람이 함께 한 시간은 고작 1년 남짓이었다. 하지만 그 짜릿했던 기억

●

들 덕분에 그토록 고단한 삶을 견딜 수 있었다. 1142년 아벨라르가 죽자 엘로이즈는 그의 시신을 수녀원으로 옮겨와 묘를 돌보며 22년을 더 살았다. 그녀는 자신이 죽으면 아벨라르 곁에 함께 묻어줄 것을 유언으로 남긴다. 두 사람은 몇 차례 이장을 거쳐 1817년 프랑스 파리의 페르 라쉐즈 공동묘지에 합장되었다. 이후 그곳은 수많은 연인의 순례지가 되었다.

두 번째는 세계적 베스트셀러 『제2의 성』에서 "우리는 여자로 태어나는 게 아니라 여자로 만들어진다"라고 했던 20세기의 대표적 페미니스트 작가 시몬 드 보부아르다. 그녀는 23세 때 당대 최고의 지성인 장 폴 사르트르와 계약결혼을 했다. 이후 36세 때는 미성년 여제자들과의 동성연애로 강단에서 퇴출당했다. 이어진 미국 작가 넬슨 알그렌과의 연애 중에 보낸 편지에서는 "당신을 만나서 당신을 만질 수 있다는 생각만 해도 내 가슴은 터져나갈 것 같아요. 이번에 당신을 만나면 얌전한 여자가 될게요. 당신을 위해 요리와 청소도 하고 장도 보겠어요. 난 당신이 원하는 것만 할게요"라고 토로했다. 또 44세 때 만난 17세 연하의 무명 영화인 클로드 란즈만과 8년간 동거를 통해 화려한 남성 편력을 보여주었다. '화무십일홍花無十日紅'이라 했던가. 결국, 그녀는 방황을 끝내고 사르트르에게로 돌아갔다. 사르트르는 그런 보부아르를 너그러이 품어주었다.

이러한 사랑의 위대함을 실증적으로 보여준 미국 하버드대학교의 '그랜트 스터디grant study'(1938년과 1944년 사이에 2학년 남학생

268명을 대상으로 75년 동안 '인간적 성숙'에 기여한 가장 큰 요인이 무엇인지를 추적 관찰)라는 연구조사가 있다. 최종 결론은 '해피니스 이즈 러브Happiness is love'(행복은 곧 사랑이다)로 요약된다. 러시아의 대문호 톨스토이도 『사람은 무엇으로 사는가?』에서 "사람은 사랑에 의해서 살아가는 것이다. 사람들은 스스로 행복을 만들어내는 것이 아니라 인간 속에 존재하는 사랑 때문에 행복해진다. 그러므로 사랑의 실천을 통해서만 인간은 행복해질 수 있다"라고 말한다.

최근 76세 모 남자 탤런트가 39세 연하의 여인과의 사이에서 뜻하지 않은 임신으로 사람들의 입방아에 오르내렸다. 다행히 당사자들 간에 극적인 화해가 이루어지며 해프닝으로 끝났다. 이처럼 사랑은 삶의 의미인 동시에 인간을 고통과 환희 사이에서 헤어나오지 못하게 한다. 또한, 경계의 대상으로써 저주와 구원의 논리 속에서 항상 논쟁의 중심에 서 있다.

개인적 경험에 비춰볼 때, 사랑이란 인간을 계속 맨발로도 멀고 먼 가시밭길을 걸어가게 하는 미지의 힘이다. 어느 시인은 '너무 아픈 사랑은 사랑이 아니었음을'이라며 오늘도 가객歌客 김광석을 통해 절규하고 있다. 하지만 나는 그런 사랑의 위대함에 대해 머리 숙여 경의를 표하지 않을 수 없다.

꽃무릇을 추억하며

전북 고창 선운사禪雲寺에 두 번째 다녀왔다. 처음 갔을 때는 20대 중반 직장생활 초년병 시절, 이른 봄이었다. 때마침 대웅전 뒤란에는 새빨간 동백꽃이 만개해 탄성을 저절로 자아내게 했다. 그러나 땅바닥에 수급首級처럼 널브러진 꽃송이들을 보는 순간, 그 처연함에 소름이 돋았던 기억이 아직도 생생하다.

이번 가을에 가서는 난생처음 꽃무릇을 보았다. 일순간 그것은 기억 저편으로 내 옷소매를 끌어 잡아당겼다. 오래 전 그녀가 꽃무릇을 가장 좋아하는 꽃이라고 말했던 기억이 불현듯 떠올랐기 때문이다. 그런 이유로 나는 꽃무릇밭에서 한참 동안을 서성거렸다.

아울러 선운사 초입에 세워진 미당未堂 서정주의 「선운사 동구」 시비도 발길을 멈춰 서게 했다. '선운사 골째기로/ 선운사 동백꽃을/ 보러 갔더니/ 동백꽃은 아직 일러/ 피지 안했고/ 막걸릿집 여자의/ 육자배기 가락에/ 작년 것만 상기도 남었읍니다/ 그것도 목이

쉬어 남았읍니다'라는 절창의 영향 때문일까?

　시인 김용택은 「선운사 동백꽃」에서 '여자에게 버림받고/ 살얼음 낀 선운사 도랑물을/ 맨발로 건너며/ 발이 아리는 시린 물에/ 이 악물고/ 그까짓 사랑 때문에/ 그까짓 여자 때문에/ 다시는 울지 말자/ 다시는 울지 말자/ 눈물을 감추다가/ 동백꽃 붉게 터지는/ 선운사 뒤안에 가서/ 엉엉 울었다'라고 노래한 적이 있다.

　또 최영미 시인은 「선운사에서」 '꽃이/ 피는 건 힘들어도/ 지는 건 잠깐이더군/ 골고루 쳐다볼 틈 없이/ 님 한번 생각할 틈 없이/ 아주 잠깐이더군// 그대가 처음/ 내 속에 피어날 때처럼/ 잊는 것 또한 그렇게/ 순간이면 좋겠네// 멀리서 웃는 그대여/ 산 넘어가는 그대여// 꽃이/ 지는 건 쉬워도/ 잊는 건 한참이더군/ 영영 한참이더군' 이라며 실연의 쓰라린 가슴을 동백꽃으로 문질렀다.

　가수 송창식도 〈선운사〉란 곡에서 '선운사에 가신 적이 있나요/ 바람 불어 설운 날에 말이에요/ 눈물처럼 후두두 지는 꽃 말이에요/ 나를 두고 가시려는 님아/ 선운사 동백꽃 숲으로 와요/ 떨어지는 꽃송이가 내 맘처럼 하도 슬퍼서/ 당신은 그만 당신은 그만 못 떠나실 거예요/ 선운사에 가신 적이 있나요/ 눈물처럼 동백꽃 지는 그곳 말이에요'라며 그 특유의 맑은 음색과 가창력으로 여전히 우리의 심금을 울리고 있다.

　난생처음 만난 꽃무릇을 통해 지난 날 이루어질 수 없었던 사랑 하나를 떠올리며 잠시 괴로워했다. 붉디붉은 꽃무릇은 일주문과 매

표소에서 시작해 사천왕문四天王門 앞 도솔천兜率川 건너 녹차밭 옆까지 흐드러지게 피어 있었다.

꽃무릇은 석산石蒜이라고도 불리는 여러해살이풀로 수선화과 식물이다. 6월이면 잎이 먼저 나왔다가 형체도 없이 시들어버린다. 9월에 비로소 꽃대가 올라와 꽃만 피운다. 그렇지 않으면 꽃이 진 다음에야 잎을 피운다고 한다. 그래서 여느 꽃과 달리 꽃과 잎이 동시에 피어 있는 걸 절대로 볼 수가 없다는 것이다. 이 꽃을 사찰 근처에 많이 심은 이유가 있다. 비늘줄기에서 추출한 녹말로 불경을 제본하거나 탱화를 만들 때 사용하며, 고승들의 진영眞影을 붙일 때도 썼기 때문이라고 한다.

특별히 선운사 꽃무릇에는 슬픈 전설이 서려 있었다. 옛날 옛적한 여인이 선운사에 불공을 드리러갔다가 스님에게 반해 그만 상사병에 걸렸다. 이루어질 수 없는 사랑에 혼자서 가슴앓이하며 시름시름 앓던 그녀는 결국 죽게 되었다. 꽃무릇은 그녀가 환생해 피어난 거라고 한다. 물론 그건 어디까지나 꽃무릇의 독특한 생태를 일찍 알아차린 호사가들이 지어낸 이야기일 테지만.

사무치도록 연모하나 이루어질 수 없는 사랑이 어디 그뿐이겠는가. 그토록 슬픈 사연으로 상사화相思花란 이름을 얻었으나 피처럼 붉은 빛의 꽃과 달걀 모양의 비늘줄기가 가진 독성 탓에 '죽음의 꽃'으로 여겨진다. 꽃말도 '이룰 수 없는 사랑' 또는 죽은 사람을 그리워하는 '슬픈 추억'이라고 한다. 나로서는 꽃무릇에 얽힌 슬픈 전설과 함께 옛 기억이 오버랩되며 사뭇 가슴이 저려온다.

　네 살 연상인 그녀와의 불꽃 같았던 사랑 때문이다. 기침과 사랑은 숨길 수 없다 하지 않던가. 불행인지 다행인지 나의 풋사랑은 여름날의 천둥번개처럼 왔다가 가뭇없이 사라졌다. 지금 다시 생각해도 그때 일은 대단히 충동적이었다. 몹쓸 호르몬 때문이었다고 군색한 변명을 하기에도 마뜩잖다. 솔직히 미리 금긋기를 하거나 위선과 가식을 떨 수 있는 일은 더더욱 아니었다. 그것은 폭풍처럼 다가와 내 몸과 영혼을 불구덩이 속에 밀어넣었다. 깊디깊은 화인火印도 남겼다.

　살아오면서 윤리 도덕과 사회적 통념을 저해하는 시도와 일탈을 해서는 안 된다고 귀에 못이 박히도록 들어왔다. 또 남녀 사이에는 아주 가깝지도 멀지도 않게 적당한 거리를 유지하는 등거리소통等距離疏通이 좋을 거라 막연히 생각했다. 명백한 착각이었다. 그때의 사랑은 일순간에 휘말려 절대로 빠져나올 수 없는 물속의 소용돌이와 같았기 때문이다.

　20대의 선운사 동백꽃이 형형한 인상을 남겼듯이, 나이 들어 난생처음 본 꽃무릇 또한 내게 가슴 아린 추억으로 되살아온다. 지난날 이룰 수 없었던 사랑에 대한 아쉬움 때문일까? 오늘은 내 영혼의 산비탈에 붉은 꽃무릇이 지천으로 피어나 바람결에 흐느낀다. 한때 잉걸불처럼 타올랐던 러브스토리는 오래 전 방점을 찍었다. 하지만 앞으로 사랑이 다시 오지 말라는 법도 없다. 지인 한 분은 망백望百

●

의 고령에도 여친이 끊일 날이 없다고 한다. 이렇듯 사랑은 나이를 불문하고 언제나 신바람나는 일이다. 특히 위험한 사랑을 나눈다는 것은 생각만 해도 얼마나 가슴 설레고 짜릿한 일인가.

다음번엔 영광 불갑사, 정읍 내장사 꽃무릇도 보러 가야겠다. 두 가람伽藍도 매년 추석 무렵이면 꽃이 만개해 계곡 전체가 불이 난 듯 빨갛다고 한다. 이 시간 환영처럼 밤하늘엔 꽃무릇들이 피어나고 금이 간 나의 심장도 다시 저린다. 어디선가 꽃무릇 향기가 풍겨오는 듯 갑자기 콧날이 시큰거리고 눈물마저 핑 돈다.

비록 아직 시비詩碑 하나 못 세운 변두리 무명시인이지만, 죽은 뒤에라도 이 땅 어디쯤 내 이름 석 자가 음각으로 깊이 새겨진 시비 하나쯤 세울 수 있을까? 행여 시비가 세워진다면 그 모서리에 그녀를 처음 만났던 날의 가을 하늘과 꽃무릇 향기가 사시사철 걸려 있으면 좋겠다. 지나가는 나그네들의 눈길과 발길을 잠시라도 멈춰 세울 수 있게 말이다.

너도 늙어봐라!

평소 TV 드라마와는 아예 담을 쌓고 산다. 그걸 볼 시간이면 자연 다큐멘터리나 영화 한 편을 보는 게 더 낫다는 게 나의 지론이다. 특히 막장 드라마를 보는 건 정신건강상 전혀 도움이 안 될 뿐만 아니라 괜한 시간 낭비라고 생각한다. 무엇보다도 드라마에 빠져 금단증상을 겪는 나 자신을 상상하는 것만으로도 끔찍한 일이다. 드라마 기피증 환자의 변명 아닌 변명이다.

며칠 전, 오후의 무료함을 견디지 못하고 TV를 켰다. 여느 때처럼 리모컨으로 연신 채널을 돌렸다. 그러던 중에 우연히 JTBC 드라마 〈눈이 부시게〉의 마지막 장면에 시선이 꽂혔다. 이전에 풍문으로 들은 바도 없었다. 줄거리조차 모르는 생경한 드라마였다. 그런데도 탤런트 김혜자의 엔딩 내레이션을 듣는 순간, 나도 모르게 그만 울컥했다. 시종 읊조리는 듯한 그녀의 독백 한마디 한마디가 송곳처럼 내 가슴을 깊숙이 찔러댔기 때문이다.

●

그 순간의 감동을 못잊어 곧바로 인터넷 검색을 했다. 그랬더니 2019년 2월 중순부터 3월 중순까지 방영한 12부작 드라마였다. 게다가 동 시간대 시청률 종합 1위를 기록했을 뿐만 아니라 방송통신심의위원회가 선정한 2019년 '올해의 좋은 프로그램'이었다.

갑자기 내용이 궁금해져 인터넷 다시 보기로 시청했다. 시간을 아끼려고 2배속으로 빨리 돌려보았다. 대강의 줄거리는 이렇다. 25세의 주인공 혜자(한지민)가 시간을 조작할 수 있는 마법의 시계를 과하게 사용하다가 하루 아침에 알츠하이머에 걸린 78세의 혜자(김혜자)로 변한다. 드라마는 그녀를 서사의 주체로 내세워 시공을 넘나들며 발생하는 당황스러운 에피소드들로 주요 플롯을 이룬다. 또한, 누구보다 찬란한 시간을 가졌음에도 시간 앞에서 무기력하기만한 26세의 남자(남주혁)가 자신에게 주어진 시간을 스스로 내던져버리고 하루빨리 늙어 세상을 떠나고 싶어한다. 두 사람은 같은 시간 속에 있지만, 서로 다른 시간을 살아간다.

이 드라마의 특징은 '타임슬립time slip'(두 개 또는 그 이상으로 연결된 타임라인을 갖는 판타지 및 SF에서 어떤 사람 또는 어떤 집단이 알 수 없는 이유로 시간을 거스르거나 앞질러 과거 또는 미래에 떨어지는 일)이라는 설정을 통해 기억이 뒤섞이는 주인공의 내면을 매우 심도 있게 파고든다는 점에 있다.

드라마는 반전을 통해 시청자에게 재미 이상의 묵직한 메시지들을 전달하는 데도 전혀 부족함이 없다. 주인공을 비롯해 주변 사람들도 노인들인 만큼 자연 노화에 따른 신체능력 저하, 일상에서의 소외감, 치매의 심각성, 노인을 둘러싼 가족의 시선 등의 노인문제 전반에 대한 이슈들을 극劇 중 요소요소에 등장시킴으로써 사회적 관심을 불러일으킨다. 이것은 영화 〈식스 센스〉와 같은 반전과 재미, 감동과 위로, 많은 생각과 함께 눈물을 흘리게 하는 근래 보기 드문 수작秀作이다. 나에게 마치 예전의 〈TV 문학관〉을 보는 듯한 착각을 불러일으켰다.

모든 사람은 기쁠 때나 슬플 때나 괴로울 때나를 막론하고 삶이 좀 더 나아지기를 갈망한다. 그래서 매일 매 순간 전력투구한다. 드라마 속 혜자는 결코 과거 속에 갇혀 있지 않다. 그녀의 기억들은 삶의 버팀목이다. 그래서 꿈과 현실을 부단히 오간다. 기억들과도 매번 새롭게 마주한다. 드라마는 그녀를 통해 우리의 인생이 알게 모르게 무척 복잡미묘하게 얽히고설켜 있다는 사실을 매우 비유적이고 역설적으로 보여준다. 또 그녀를 매개로 보여주는 청춘과 노년의 적나라한 풍경들이 너무나 가슴 저리게 다가온다. 대개의 노년이 그렇듯 계속 도전할 자신도 없지만 포기할 용기는 더욱더 없다. 부인할 수 없는 엄연한 현실이다.

살아생전 어머니는 가는귀를 잃으셨다. 가끔 그런 사정을 까맣게 잊고 말귀가 어두워 몇 번씩 되묻는 어머니에게 짜증을 낸 적이 있었다. 그때마다 어머니는 눈물이 그렁그렁한 채 돌아서며 혼잣말을 중얼거리셨다.

●

"너도 늙어봐라! 별수 없을 거다."

요즘 들어 기억이 깜빡깜빡한다. 게다가 아내의 나지막한 말소리가 잘 안 들려서 몇 번씩 되묻곤 한다. 그 순간, 어머니 음성이 귀청을 때린다. 그러면 아내 몰래 가슴을 치며 눈물을 찍어낸다.

이윽고 드라마의 마지막 장면에서 혜자가 관조하듯 토해내는 내레이션이 압권이다. 두고두고 가슴을 먹먹하게 만든다.

"내 삶은 때론 불행했고 때론 행복했습니다. 삶이 한낱 꿈에 불과하다지만 살아서 좋았습니다. 새벽에 쨍한 차가운 공기, 꽃이 피기 전 부는 달큰한 바람, 해 질 무렵 우러나는 노을의 냄새, 어느 하루 눈부시지 않은 날이 없었습니다. 지금 삶이 힘든 당신, 이 세상에 태어난 이상 당신은 이 모든 걸 매일 누릴 자격이 있습니다. 대단하지 않은 하루가 지나고 또 별거 아닌 하루가 온다 해도 인생은 살 가치가 있습니다. 후회만 가득한 과거와 불안하기만 한 미래 때문에 지금을 망치지 마세요. 오늘을 살아가세요. 눈이 부시게! 당신은 그럴 자격이 있습니다."

한낮의 태양은 눈이 부실지언정 아름답지는 않다. 정녕 해가 가장 아름답고 장엄한 시간은 일몰 때다. 굳이 인간의 일생에 비유하자면 노년기라고 할 수 있다. 그러나 현실은 정반대다. 불행하게도 생의 끝자락에는 무관심과 냉소, 외로움과 허무만이 시공을 가득 채운다.

●

분명한 것은 영원한 청춘도 영원한 늙음도 없다는 사실이다. 또 젊음만이 인생의 눈부신 순간들을 독점할 수 있는 것도 아니다.

인생 전체를 놓고 보면, 행복과 불행은 종이 한 장 차이로 느껴진다. 우리는 너나없이 매 순간순간을 살고 있을 뿐이다. 점과 점이 이어져 선을 이루듯 매 순간은 우리의 인생을 의미 있게 만드는 더 없이 소중한 요소들이다.

모든 것은 바람처럼 물처럼 다 지나간다. 설령 삶이 괴롭고 힘들고 뜻대로 풀리지 않는다고 쉽게 포기해서는 안 된다. 흐린 날이 있으면 갠 날도 있게 마련이다. 어찌 됐든 지금, 이 순간을 견디고 인내하며 악착같이 살아내야 한다. 결코, 다시 오지 않을 인생이다.

나 자신에게부터 묻는다. 오늘을 '눈이 부시게' 살지 않는다면 대체 언제 다시 그렇게 살 수 있단 말인가. 절대로 늦지 않았다. 드라마 속 혜자가 그랬듯이 매일 매 순간을 치열하고 간절하게 살아내자! 저 멀리 수평선 너머로 해가 떨어지는 마지막 순간까지.

제2장

다시 오지 않을 저녁

해거름 무렵, 우두커니 거실 창밖을 내다본다. 앞마당엔 가을 어스름이 켜켜이 내려앉는 중이다. 시나브로 그림자들도 꼬리를 감추고 시시각각 저무는 것들로 숙연해진다. 그래서일까. 왠지 모를 슬픔이 물안개처럼 스멀스멀 피어오른다. 문득 마리 퀴리가 "살면서 두려워할 것은 아무것도 없다. 삶은 그저 이해되어야 할 뿐이다. 이해하는 것이 많아질수록 두려움은 줄어든다"라고 했던 말이 떠오른다.

오늘도 책 속에서 길어올린 몇몇 문장을 화두처럼 붙들고 살았다. 그러나 시 한 편 채 마무리하지 못하고 홀로 설움에 겨웠다. 그때 보란 듯이 것대산 위로 개밥바라기가 떠오른다. 그는 너그럽게도 나의 넋두리를 다 들어준다. 나의 내면과 마주하는 진실의 순간이다. 더불어 내 삶도 덧없이 저무는 것을 새록새록 절감한다.

항상 나는 햇볕에 굶주린 뱀처럼 연신 꿈틀거린다. 결코, 이 어둠

●

61

고 서늘한 동굴 속에서 이대로 죽을 수 없다는 생각으로 가득하다. 그러다가도 문득 "사람은 인생의 전반기에 행복을 꿈꾸고 나머지 반은 후회와 두려움으로 보내지 않나요?"라고 일갈했던 프랑스의 문호 에밀 졸라의 말이 선문답처럼 머릿속을 스친다.

내게도 생이 청춘의 푸른 꿈으로 출렁거렸던 적이 있다. 그리고 속절없이 인생 후반기를 맞이한 지금, 회한과 미지의 두려움으로 가득한 것도 부인할 수 없다. 나를 감싸고 있는 것은 가늠할 수 없는 적요와 고독뿐이다. 어느덧 그것들에도 익숙해져 있다. 또한, 잘 견뎌내는 방법을 계속 터득하는 중이다.

평소 입버릇처럼 항상 시간이 모자란다고, 아니 시간이 너무 빨리 지나간다고 투덜거린다. 그러면서도 시간이 무한정 있는 것처럼 허송세월을 일삼는다. 나는 이 모순되고 어리석은 짓에 대해서도 반성을 밥 먹듯 한다. 간혹 뜻한 바대로 일이 잘 풀리지 않으면 무능한 나 자신에게 화가 치민다. 그러다가도 문득, 앞서 떠나간 사람들을 떠올리면 삶이 얼마나 부질없고 덧없는 것인가를 새삼 깨닫게 된다.

인류는 인공지능AI을 만들고 하루가 다르게 첨단 문명을 발전시키고 있다. 하지만 놀라운 점은 붓다와 공자와 소크라테스가 일생 고민했던 문제들을 지금도 똑같이 고민하면서 살아가고 있다는 사실이다. 그런데도 뭐 하나 속 시원히 해결된 게 없다. 여전히 인간은 망각과 무지와 착각 속에서 살고 있다. 이 얼마나 미스터리한 일인가. 어쩌면 일생을 두고 끊임없이 추구하는 인간의 행복한 삶이라는 것은 애초부터 요원한 꿈이었는지도 모른다.

과학과 기술의 발달로 우리의 생활은 예전보다 물질적으로 몇십 곱절 더 풍족하고 윤택해졌다. 반면에 그 물질적 풍요가 행복을 보장하지 못한다는 걸 역설적으로 체감하는 중이다. 갈수록 더 복잡하고 골치 아픈 난제들로 인해 사회적 갈등은 심화하고 있다.

과연 인간의 본적지라는 에덴동산은 있기나 한 것인가? 언젠가 돌아갈 수 있는 곳일까? 왜 문명의 발전과 달리 인간의 영혼은 병들고 더욱 광포狂暴해지는가? 쉽게 풀리지 않는 의문들이다. 인간은 스스로 나아져야 하는데 오늘날에도 미망迷妄과 미혹迷惑에서 헤어나오질 못한다. 곰곰이 생각해보면, 인간의 삶은 오래 전 수렵시대보다도 별로 나아진 게 없다.

당장 자리를 홀홀 털고 일어나 시간여행을 떠나고 싶다. 갈 수만 있다면 신화시대로까지 거슬러올라가 신들과 담판을 짓고 싶다. 제일 먼저 인간 욕망의 한계치를 명확히 설정해달라고 읍소할 것이다. 두 번째는 인종과 피부색, 종교를 하나로 통일시켜달라고 애원할 것이다. 세 번째는 신들끼리 임기와 순번을 정해 보좌寶座에 앉아달라고 정중히 청할 것이다. 내가 왜 이런 황당한 요구를 하는지 눈치 빠른 사람들은 알리라. 설사 화가 난 신들이 어처구니없고 허무맹랑한 소리라고 나를 당장 지옥불에 던져버린다 해도 꼭 간청해보고 싶은 사항들이다.

●

아무튼, 우물 속 개구리와 같은 삶에서 벗어나는 순간, 마주하는 새로운 경험들이 이전보다 시야를 넓혀주고 지리멸렬한 인생을 단번에 역전시킬 수 있을지도 모른다. 그러나 여행은 항상 장밋빛 희망을 선사하지는 않는다. 여행 전후가 별반 다름없을 때가 다반사이기 때문이다. 그런데도 끊임없이 또 다른 여행을 꿈꾸고 도전한다. 우리의 유전자 속에 있는 '노마디즘nomadism'(유목주의)과 보헤미안적 기질 때문이다. 특별히 나는 순례자의 마음과 자세로 지구 한 바퀴를 돌아보고 싶다. 아니 저 무변광대한 우주 속으로 날아가다 생이 끝날지라도.

내가 이렇게나마 목숨을 부지할 수 있는 것은 남들이 미처 모르는 가족의 눈물겨운 희생과 헌신, 따뜻한 이웃들의 격려와 매일 하늘에 가닿는 기도 덕분이다. 항상 고마운 마음으로 살아야 하는데 간혹 그걸 당연한 거로 생각하고 망각할 때가 있다. 만에 하나 그런 불경을 저질렀다면 이 글을 빌려 정중히 용서를 구한다.

아직 내게는 살아야 할 분명한 이유가 넘쳐난다. 그렇기에 지금까지의 역경들을 무던히 견뎌냈다. 앞으로도 그럴 것이다. 비록 고난 중의 삶일지라도 행복할 권리가 있다. 또 안락한 삶이라 하더라도 의미가 없다면 그것은 끔찍한 시련에 불과하다.

매일 밤 잠자리에 들기 전 나 자신에게 묻고 또 묻는다. 매 순간 최선을 다해 살았는가? 남을 위해 어떤 선행을 얼마나 베풀었는가? 과연 삶을 어떻게 살아야 마지막 순간에 후회가 남지 않을까? 그때

●

마다 마르쿠스 아우렐리우스는 『명상록』을 통해 내 어깨에 죽비를 내리친다.

"사람은 죽음을 두려워할 게 아니라 진정한 삶을 시작하지 못하는 것을 두려워해야 한다"라고.

그렇다. 어쩌면 행복은 자기기만일 수 있다. 억지로 행복한 삶을 만들려고 애쓸 필요는 없다. 행복은 대단히 주관적이다. 상대적이며 이기적 느낌의 그 무엇이다. 이 나이 들어 생각하는 행복의 3대 요소는 건강, 돈, 친구다. 한데 건강은 세월과 함께 점점 더 쇠락해진다. 평생을 거의 실업자로 살았으니 모아둔 재산도 없다. 다만 가끔 만나 마주 보고 막걸릿잔을 기울일 수 있는 친구 몇몇이 있을 뿐이다. 실패한 인생인 것은 틀림없다.

하지만 희망을 포기하기엔 아직 이른 나이다. 누군가 희망은 멈추지 않고 끝까지 밀고갈 때 비로소 진정한 희망이 된다고 역설했다. 이 동굴을 박차고 자유의 빛을 향해 달려나가야 한다. 설사 널따란 초원에는 닿아보지도 못하고 더 큰 동굴에 갇힐지도 모른다. 그것 또한 나의 인생이고 운명이다. 모든 문제에 대한 해답은 이미 내 안에 있다. 내가 어떻게 생각하느냐에 따라 그 결과는 확연히 달라질 것이다.

'옴니버스 옴니아Omnibus Omnia'(라틴어로 모든 이에게 모든 것이라는 뜻)

지금 할 수 있는 모든 수단과 방법을 동원해, 내게 허락된 시간에 모든 걸, 내가 아는 모든 이에게 아낌없이 나누고 베풀자. 이 세상 끝날에 조금이라도 덜 후회하려면 말이다. 또한, 그분의 자비의 그늘에서 지금의 상태를 유지할 수 있는 것만으로도 다행으로 생각한다. 온 마음을 다해 감사의 기도를 올리자. 지금은 더욱더 지혜로운 삶에 대해서 거듭 숙고하게 되는 초로初老의 시간이다. 인생에 다시 오지 않을 아름다운 저녁이다.

운명의 장난인지, 장난의 운명인지

'곰벌레'라는 무척추동물이 있다. 몸 크기가 겨우 0.1~1㎜로 '물곰 Water Bear'으로도 불린다. 다리를 8개 가졌으나 행동이 매우 굼뜨다. 완보緩步동물이다. 놀라운 점은 영하 273도, 영상 151도, 가장 깊은 바다의 수압보다 6배나 강한 압력에도 견딜 수 있다. 그뿐만이 아니다. 사람을 즉사시킬 정도로 강력한 방사선의 1,000배에 달하는 양에 노출돼도 죽지 않는다. 심지어 진공 상태에서도 10일간 멀쩡히 살아 있었다고 한다.

에멜무지로 팔팔 끓여도, 꽝꽝 얼려도, 물이 없어도, 공기가 없어도 살아남는다. 게다가 먹이 없이 굶어도 30년을 살 수 있다. 이 때문에 곰벌레는 지구가 멸망해도 살아남을 수 있다는 바퀴벌레보다도 한 수 위라는 지구 최강의 생명체다. 지구에서 인류가 사라져도 100억 년 이상, 태양이 꺼지는 순간까지 살아남을 것이라는 과학자의 예언도 있다. 아마 진시황이 들으면 무덤 속에서 벌떡 일어나 당

●

67

장 이놈들을 잡아들여 영생제永生製로 만들라는 칙령을 내릴지도 모른다.

반면에 고작 100년 남짓 사는 인간의 운명이란 무엇일까? 그것은 인간이 태어나는 순간부터 이미 정해진 것인가? 살면서 자기 스스로 만들어가는 것인가? 또한, 운명을 지배할 수 있는 것인가? 완전히 지배당하는 것인가? 나름대로 내린 결론은 운명은 오직 자신의 선택 여하에 달렸다는 것이다. 이와 관련해 나는 작가 헤르만 헤세의 "당신이 등지지 않는 한 운명은 언젠가는 당신이 꿈꾸고 있는 대로, 고스란히 당신의 것이 될 것이다"라는 말에 전적으로 공감한다.

동서고금의 역사를 둘러봐도 운명은 타고난 것이라기보다는 만들어진 것이라는 데에 방점이 찍힌다. 모름지기 운명은 뚜렷한 목표를 향해 부단히 노력할 때 자기 것이 된다. 하늘은 스스로 돕는 자를 돕는다는 말이 괜히 나온 게 아니다.

인간은 너나없이 날마다 인생의 고해苦海를 떠다닌다. 그런 격랑의 바다에서 울렁거리는 뱃멀미를 참아내기가 어디 쉬운 일인가. 만일 지금 목표하고 성취하고 싶은 게 있다면 그것에 올인해야 한다. 우선 자신의 온몸과 마음을 그 생각으로 가득 채워야 한다. 정녕 그것이 전신의 말단부 실핏줄까지 쉼 없이 흐르게 해야만 한다. 그다음엔 생각을 과감히 행동으로 옮겨야 한다. 실패를 두려워해서는 안 된다. 설령 실패하더라도 그만큼 자신의 인생이 앞으로 나아간 것이다. 세상은 그런 슬기와 용기를 가진 사람들로 인해 하루가 다르게 진보한다.

　가령 우주 공간에서 새로운 별 하나가 태어나려면 성운星雲(엷은 구름과 같이 보이는 천체)이 중력에 의해 한군데로 모여야 한다. 그 별이 어두운 갈색 왜성矮星(지름이 작고 광도가 낮은 항성)으로 그칠지, 아니면 반짝반짝 빛나는 거성巨星(반지름과 광도가 매우 높은 항성으로 알데바란, 폴룩스 등)이 될지는 오로지 별의 질량에 달려 있다. 별의 질량이 크면 클수록 거성이 될 확률이 높다. 아울러 스스로 빛나는 발광체 항성恒星(태양처럼 스스로 빛을 내며 고유 운동을 하는 북극성, 북두칠성, 견우성, 직녀성 등)이 될 건지, 외부로부터 빛을 받아야 빛나는 반사체 행성行星(지구와 같은 태양계의 별들)이 될 건지는 오직 별의 질량과 주변 환경에 의해 결정된다.

　여기서 중력을 본인의 천부적 재능과 노력으로, 질량을 축적된 실력과 능력으로, 주변 환경을 인간의 운세運勢라 치환하면 위대한 인물의 스타 탄생은 이 세 박자가 고루 갖춰질 때 가능한 일이라 해도 틀린 말이 아니다. 세상에는 기본적 지능과 재능이 부족하면 아무리 노력해도 안 되는 일이 있다. 또 검증되지 않은 실력과 능력을 뽐내봤자 허세로 취급받기에 십상이다. 결론적으로 재능과 실력을 갖췄어도 시운時運이 따라주지 않으면 허사가 되는 경우가 비일비재하다.

　무릇 천재라 하더라도 노력하는 자를 이기지 못한다. 노력하는 자도 운 좋은 자를 이기지 못한다. 시운은 천지의 조화로 이루어진

●

다. 왜 '운칠기삼運七技三'(운이 칠 할이고 재주나 노력이 삼 할이라는 뜻, 사람의 일은 재주나 노력보다 운에 달려 있음을 이르는 말)이란 말이 나왔겠는가. 예로부터 난세에 수많은 영웅호걸이 나타났지만, 천하의 주인은 하늘이 내리는 거라고 했다.

참고로 2014년 세계적 여론조사기관인 '퓨 리서치 센터Pew Research Center'에서 시행한 '글로벌 태도조사'에서 '인생의 성공은 우리가 어쩔 수 없는 변수에 주로 좌우되는가?'라는 질문에 한국인의 74%, 독일인의 67%, 이탈리아인의 66%, 미국인의 40%가 그렇다고 답했다. 운명의 주인은 바로 자기 자신이지만, 그것은 온전히 자신의 노력만으로 이룰 수 있는 게 아니란 것을 새록새록 깨닫게 된다.

그렇다고 해서 아무것도 하지 않고 모든 걸 운에 맡길 수는 없다. 그건 인간의 도리도 아닐 뿐더러 맹목적인 어리석음에 불과하다. 사람은 저마다 각자의 몫과 역할이 있다. 모자라면 모자란 대로, 넘치면 넘치는 대로, 이도 저도 아니면 그런 대로 자기의 격에 맞춰 살 길을 찾아간다. 그 중에는 분명 잘난 사람도 있고 못난 사람도 있게 마련이다. 전자는 본인의 재능과 실력에 운까지 따라준 것이다. 후자는 그렇지 않은 것뿐이다. 그것은 매우 개인적 요소들이 작용한 결과인 것 같지만 실상은 주변 환경과 매우 밀접한 상관관계를 갖고 있다.

청춘의 봄날, 일순간에 나는 중증 장애인이 되었다. 그날 이후 운명에 대해서 의문을 품었던 적이 셀 수 없이 많다. 또 오랜 세월을 비루하게 사는 데에도 다 그만한 이유가 있을 거란 생각이 문득문 득 들 때가 있다. 어쩌면 그 전에 저지른 죄악들로부터 나를 구원하 기 위해 신께서 마지막 관용을 베푼 것이었는지도 모른다는 가정이 다. 더 중요한 사실은 가슴속 정염情炎은 그 전이나 지금이나 하나 도 변하지 않았다는 점이다. 그래서 끊임없이 사랑을 갈망하고 아 직도 그 유혹에서 벗어나지 못하고 있는 속물이다.

모름지기 사람의 일생은 관 뚜껑에 못이 박힐 때 평가된다. 평소 에 그가 얼마나 이기적이고 탐욕적으로 살았는지 아니면 이웃과 주변을 위해 얼마나 많은 적선을 베풀었는가에 따라서 평판이 갈 리게 마련이다. 적어도 이 세상을 떠날 때 모든 주위 사람들을 진정 으로 눈물짓게 하려면 어떻게 살아야 할까? 답은 자명하다. 살아 있을 때 자신의 것을 남들에게 베푸는 것이다. 그러면 언젠가 되돌 려받는다.

솔직히 운명의 장난인지, 장난의 운명인지 아직도 헷갈린다. 그 럼에도 나는 지금, 여기, 이렇게 살아 있다. 이것보다 더한 진실은 없다. 다만 이런 나의 운명 앞에서 끝까지 겸허해질 수밖에 없다. 무엇보다도 나를 이 세상에 존재하게 해준 부모님의 은혜에 깊이 감사한다. 더불어 내게 상처를 준 사람들과 이 비루한 목숨을 여태 견디게 해주는 모든 이에게도 감사한다. 모두에게 감사의 인사와 함께 메르세데스 소사의 노래 〈그라시아스 아 라 비다Gracias a la Vida〉(삶에 감사해)를 전한다.

●

'… 삶에 감사해, 내게 너무 많은 것을 주었어/ 웃음과 눈물을 주어 행복과 슬픔을 구별하게 했고/ 나의 노래와 당신들의 노래가 되게 했네/ 이 노래가 그것이라네/ 그리고 이 노래는 우리들 모두의 노래라네/ 세상의 모든 노래가 그러하듯/ 나에게 이토록 많은 것을 준 삶이여, 감사합니다'

나이의 무게

　지역 보건소에서 우편물 하나를 받았다. 봉투를 뜯어보니 뜻밖에도 경도인지장애 검사 통지서였다. 만 62세를 넘겨 치매검사 대상자가 되었으니 이른 시일 내 치매안심센터로 나와 검사를 받으라는 내용이었다. 순간적으로 현기증이 나며 덜컥 겁이 났다. 그렇지 않아도 최근 들어 기억력이 뚝뚝 떨어지고 정신이 깜빡깜빡하던 참이었다. 두근거리는 가슴을 간신히 진정시켰다.

　며칠 뒤 걱정 반 기대 반으로 보건소를 향해 잰걸음을 옮겼다. 차에서 내려 센터 입구에서 잠시 서성였다. 그때 한 직원이 나오며

　"어르신, 혹시 치매검사받으러 오셨나요?"

　라고 묻는 것이었다. 어느덧 어르신으로 불리는 나이가 되었다니…. 난생처음 들어본 호칭에 상기돼 얼떨결에 고개를 끄덕였다. 그리고는 그녀의 안내에 따라 상담실로 들어갔다. 담당 간호사와 얼굴을 마주한 채 간단한 설문조사와 상담을 진행했다.

●

다행히 결과는 정상이었다. 그리고 앞으로 매년 1회씩 정기검사를 받기로 약속했다. 상담실을 나오는 순간, 과연 나는 어르신이란 호칭에 걸맞은 삶을 살고 있느냐는 의문이 들었다. 발걸음이 납덩이처럼 무겁게 느껴졌다.

해피콜(장애인 전용 차량)을 타고 집으로 돌아오는 길이었다. 때마침 운전기사가 틀어놓은 라디오에서 오승근의 〈내 나이가 어때서〉란 노래가 흘러나왔다. 가사를 듣는 순간, 피식 웃음이 새어나왔다.

'그래, 내 나이가 뭐 어때서! 비록 몸은 아무짝에도 쓸모없지만, 아직 정신은 말짱하다니 남은 인생 기죽지 말고 살자!'

나이는 자연스레 노화를 동반한다. 모든 생명체는 생존 기간이 유한하다. 노화는 다른 의미에서 경륜이 쌓인다는 뜻이다. 남은 생애를 더 지혜롭게 살아갈 수 있는 경험과 지혜가 축적되었음을 의미한다. 또 앞으로 할 일들에 대한 시행착오를 줄일 확률이 그만큼 높아졌다는 것이다.

다만 나이와 지혜는 절대로 비례하지 않는다. 나이에 고집과 아집만을 쌓아가는 사람들이 있기 때문이다. 또한, 나이에 상관없이 진취적인 사람이 있다. 반면에 나이를 으스대다 꼰대라는 소리를 듣는 사람도 있다. 나이가 벼슬이 될 수 없는 시대다. 스스로 끊임없이 닦고, 조이고, 기름 치는 일을 게을리하지 말아야 한다. 정신 똑바로 차리고 살아도 한방에 훅 가는 세상이다.

의학과 공중보건의 발전으로 평균 수명이 대폭 늘어나며 무릇 백

세시대를 맞이했다. 그러나 한 치 앞을 모르는 게 인생이다. 2020년 6월 말 기준의 통계청 자료에 따르면 우리나라의 70세 생존확률은 86%로 비교적 높은 편이다. 하지만 75세부터는 거의 절반 수준으로 뚝 떨어지며 54%다. 그 이후 80세는 30%, 85세는 15%, 90세는 5%로 급감한다. 확률적으로 건강하게 살 수 있는 평균 나이는 76~78세에 불과하다.

확률은 확률일 뿐이다. 분명한 점은 여생을 그와 같은 확률로 예측할 수 없다는 것이다. 누군가 우스갯소리로 60대에는 '해마다', 70대에는 '달마다', 80대에는 '날마다', 90대에는 '시간마다' 늙는다고 했다. 그 말이 실로 피부에 와닿는 요즘이다. 어느덧 나도 진갑進甲을 넘겼다. 솔직히 고희古稀 70세도 아득하게 느껴진다. 오래 살자니 민폐만 늘어날 게 뻔하다. 당장 죽자니 그럴 수 있는 묘책도 없다. 남들보다는 슬프고 우울한 인생임이 틀림없다.

하지만 UN이 재정립한 평생 나이 기준에 따르면 18~65세가 '청년기'다. 그 기준대로라면 나는 청년기에 속한다. 그렇다면 남은 인생을 꽃피우고 진정한 자아성취의 열매를 맺기 위해서 무엇을 해야 할까? 머릿속으로는 매일 만리장성을 쌓았다 허문다. 손발 하나 쓰지 못하는 처지에서 하는 부질없는 짓이지만.

공자가 굵직한 나이마다 이칭異稱을 두었듯, 사회적으로도 유년기와 청소년기, 중장년기와 노년기에 상응하는 나잇값을 암암리에 요구받는다. 정작 나부터도 나잇값을 제대로 못하고 사는 것 같아

늘 마음이 무겁다. 과연 나이에 걸맞은 품격 있는 삶을 살고 있는가를 스스로 끊임없이 묻게 된다. 또한, 죽음에 이르는 순간까지 삶을 가치 있게 만드는 것이 무엇일까? 이 문제는 지속해서 깊이 숙고해야 한다. 그것이 자신의 삶을 더욱 가치 있게 만드는 길이다.

먼저 핀 꽃은 먼저 지게 마련이다. 노화는 생물학적으로 성장과 퇴화, 소멸에 이르는 자연스러운 현상이다. 생명은 언젠가 작별을 고하게 마련이다. 영원히 변치 않는 자연의 섭리다. 무엇보다도 자신이 변해가는 모습을 자연의 순리로 편안하게 받아들이는 자세가 중요하다.

나이 들수록 입은 닫고 지갑은 열라고 했다. 나로선 입도 지갑도 열 만한 처지가 못 된다. 매사 겸허한 자세로 살 수밖에 없다. 다만 억지 춘향으로 밸이 꼴리는 일까지 무조건 참아가며 가식으로 섬길 수는 없다. 그런 것은 내가 소망하는 노년도 아니고 참다운 어른의 모습도 아니다.

모든 인간의 소망은 고종명考終命을 다하는 것이다. 오래 살려고 발버둥을 쳐도 죽음은 모든 것을 이긴다. 인간은 반드시 죽어야 하므로 치열하게 살아야 할 의무도 있다. 이제 가파른 내리막길 여생을 살지만, 가슴 한편은 미지의 설렘과 흥분으로 벅차오른다. 미처 경험해보지 못한 또 다른 세상을 향한 길이기 때문이다.

얼마나 더 오래 살 수 있을까보다는 하루를 살더라도 얼마나 더 가치 있고 보람 있게 살 것인가를 고민한다. 나는 죽음을 맞이하는 순간, 단호히 연명치료를 거부하고 '존엄하게 죽을 권리death of dignity'를 선택할 것이다.

세실 프랜시스 알렉산더는 시 「모든 것은 지나간다」에서 이렇게 노래한다.

'모든 것은 지나간다/ 일출의 장엄함이 아침 내내 계속되지 않으며/ 비가 영원히 내리지도 않는다/ 모든 것은 지나간다/ 일몰의 아름다움이 한밤중까지 이어지지도 않는다/ 하지만 땅과 하늘과 천둥,/ 바람과 불,/ 호수와 산과 물,/ 이런 것들은 언제나 존재한다.// 만일 그것들마저 사라진다면/ 인간의 꿈이 계속될 수 있을까/ 인간의 환상이// 당신이 살아 있는 동안/ 당신에게 일어나는 일들을 받아들이라 / 모든 것은 지나가버린다'

저녁놀이 아름다운 것은 곧 사라지기 때문이다. 생의 저물녘도 마땅히 아름다워야 한다. 그러려면 '안단테andante'(느리게)와 '칸타빌레Cantabile'(노래하듯이 아름답게)로 꾸며진 장엄한 심포니의 마지막 장처럼 온 힘을 다해 남은 열정을 다 태워야 한다. 지금보다는 더 좋은 세상을 남기고 가겠다는 사명감으로 사는 것! 그래야 아름다운 노년이다. 내가 가진 계획은 오직 사람답게 살고well-being, 사람답게 늙고well-aging, 사람답게 죽는 것well-dying이다. 남은 생을 위하여, 건배!

파종播種

지금의 집에 산 지도 어언 스물네 해째다. 맨 처음 땅 설고 물선 이곳 청주에 내려와 4년여를 꼬박 남의 집 전세살이를 했다. 나름 대로는 고향인 춘천으로의 귀향을 차근차근 준비하던 중이었다.

그러나 모친의 돌연사는 모든 계획을 한순간에 물거품으로 만들어버렸다. 나는 부친과 여러 날 상의 끝에 이곳에 있던 폐가를 허물고 새 집을 짓기로 했다. 그 과정에서 우리 부자가 겪은 말 못할 사연은 한둘이 아니다. 막상 이 집에 입주하던 날은 돌아가신 모친 생각에 우리 두 부자가 얼마나 오열했던지, 지금도 기억이 생생하다.

인생이 뜻대로만 되지 않는다는 걸 진즉에 알고 있었다. 하지만 이렇게 오래 한 집에 눌러앉아 살게 될 줄은 꿈에도 미처 몰랐다. 어찌 됐든 이 집에 눌러살며 나는 마흔네 살에 늦장가를 갔다. 그 바람에 함께 살던 막냇동생 내외와 눈에 넣어도 아프지 않을 조카들과 분가를 해야만 했다. 이후에는 16년간 지병을 앓아오던 막냇

●

동생을 이른 나이에 떠나보내야 하는 참척慘慽을 겪었다. 그로부터 3년 뒤엔 부친마저 노환으로 보내드리는 불효를 저지르고 말았다.

지난 삶을 돌아보면 기쁜 일보다는 슬픈 일이 더 많았다. 행복했던 기억이 별로 없는 질곡의 세월이었다. 그런 가운데서도 해마다 봄이 되면 빼놓지 않고 해온 일이 있다. 그것은 바로 손바닥만 한 크기의 앞뒤 텃밭을 가꾸는 일이다. 선친 살아생전부터 연례행사로 쭉 해오던 것이다. 지금도 매년 거르지 않고 있다.

올봄에도 가장 먼저 종묘상에서 열무 씨앗을 사다 뿌렸다. 그리고 얼마 뒤에 선친 때부터 단골이었던 육거리시장 입구의 노점상으로부터 상추와 쑥갓 모종을, 마지막으로는 고추와 가지 모종까지 구매해 시차를 두고 빼곡히 심었다. 텃밭이라고 해야 고작 네댓 평에 불과하다. 하지만 여기서 나온 푸성귀들이 여름에서 늦가을까지 우리 가족의 밥상을 더욱 풍요롭게 만드는 전통을 계속 이어가고 있는 셈이다.

선친은 이 집을 짓는 3개월여 동안 건물 내외부를 막론하고 당신 손이 직접 안 닿은 곳이 없을 정도로 심혈을 기울이셨다. 목수와 철근공, 콘크리트 타설과 벽돌 조적공들의 전문적인 분야는 어쩔 수 없이 외주로 맡길 수밖에 없었다. 그리고 건축비를 조금이라도 아낄 요량으로 잡부처럼 웬만한 허드렛일을 도맡아 하다시피 하셨다. 그러려니 원체 왜소한 체구에 고초가 이만저만한 게 아니었다. 그렇게 피눈물 겨운 과정을 거쳐 지어진 집이었기에 당신의 집에 대한 애착도 남다르셨다.

그 중에서도 당신께서 손수 가꾸신 화단 겸 텃밭은 철 따라 옷을 갈아입었다. 봄이면 텃밭에 각종 채소 씨앗들이 뿌려졌다. 그 둘레에는 봉숭아와 채송화, 과꽃도 심어졌다. 아버지는 동이 틀 무렵이면 어김없이 모닝커피 한 잔을 드셨다. 그리고 마당으로 나가 앞마당과 뒤란을 분주히 오가셨다. 물 주기와 풀 뽑기, 벌레 잡기를 단 하루도 거르지 않으셨다. 텃밭과 화단은 홀로된 아버지의 일터이자 영혼의 쉼터였다. 노년의 고독을 달래주는 위안이자 희망이었다. 다만 밤이면 간간이 끙끙 앓는 소리가 들려왔다. 그래서 어느 날 내가

"아버지, 그깟 텃밭 때문에 왜 그리 고생을 사서 하세요?"

라고 볼멘소리를 했다. 그랬더니

"그것마저 안 하면 내가 무슨 낙으로 산단 말이냐?"

라고 되레 역정을 내셨다. 나는 그만 머쓱해져 더는 아무 말도 할 수가 없었다.

이후로도 선친의 텃밭 가꾸기는 멈추질 않으셨다. 심지어 인근의 우암산에서 부엽토를 긁어다 땅에 섞어주셨다. 때맞춰 비료 주는 일도 거르지 않으셨다. 덕분에 아내는 귀찮을 정도로 김치를 담가야 했다. 여동생들은 집에 올 때마다 푸성귀를 한 소쿠리씩 챙겨갔다. 당신에게는 그런 게 커다란 낙이었다. 돌아가시기 몇 달 전에는 흙을 퍼나르다 요추미세골절상을 입으셨다. 급기야 입원까지 하는 불상사를 겪으셨다.

●

무엇이 그토록 아버지에게 손에서 호미를 놓지 못하게 했을까? 그것은 홀로된 노년의 외로움과 고독을 달래주던 유일한 소일거리였다. 지금도 그 이유를 곱씹으니 가슴이 터져버릴 것만 같다.

어느 날 마른하늘에 날벼락처럼 장애인이 된 나로 인한 정신적 경제적 부담은 물론이거니와 아내와의 갑작스러운 사별과 막내아들의 죽음은 당신 홀로 감당하기엔 너무나 큰 충격들이었다. 그런 역경과 시련에 부딪힐 때마다 당신 스스로 '내가 세상을 잘못 살았나?'라는 자조와 함께 시쳇말로 멘붕에 빠졌다. 심리학자들이 말하는 '정체성 붕괴'가 왔을 것이다. 모르긴 몰라도 아버지의 우울증 원인이 되었을 거라고 짐작만 할 뿐이다.

아버지는 가끔 사소한 일로 화를 자주 내셨다. 노환과 겹쳐 몸에 여러 가지 통증이 동시다발적으로 발생했다. 당신 스스로 부정적인 생각을 많이 하시는 듯했다. 그럴 때일수록 가족의 위로와 응원이 필요했다. 그런데 그리하질 못했다. 지금도 나는 뼈저리게 후회하고 있다. 모름지기 인간은 자신이 보호받고 있다고 생각할 때 스스로 자존감과 확실한 정체성을 갖는다. 살아생전의 아버지와 더 많은 대화를 나누고, 외로움과 고독에 지쳐 계실 때 더 살갑게 위로하고 보듬어드렸어야 했다.

인생의 중대한 역경을 경험한 노령자들을 상대로 심층 인터뷰한 연구 자료를 소개한 기사를 본 적이 있다. 기사가 언급했듯이 자신의 정체성을 뒤흔드는 인생의 역경은 삶의 의미를 되새기게 하는 기회가 된다. 인생의 지혜는 그저 나이를 먹는다고 자동으로 생기는 것이 아니다. 역경과 시련을 딛고 다시 삶을 추스를 때 비로소 한층 더 성숙해진다.

살아가면서 우리는 가장 가까운 가족을 잘 알고 이해한다고 생각한다. 그러나 그건 착각일 때가 많다. 열 길 물속은 알아도 한 길 사람 속은 모른다는 속담은 불변의 진리이다. 실제로 상대방이 처한 처지와 상황을 겪어보지 않고는 잘 모르기 때문이다.

이제 여름 끝자락에는 텃밭에 김장배추 모종과 총각무 씨앗도 파종할 계획이다. 농작물은 농부의 발소리를 듣고 자란다고 했다. 우리 부부의 천성이 게으른 탓에 선친 때처럼 농사가 잘된 적은 단 한 번도 없다. 하지만 나는 늘 경이롭고 은혜로운 자연의 은총을 굳게 믿는다. 하늘이 허락할 햇빛과 비바람이 우리에게 풍요로운 수확의 계절을 맞이하게 하리란 걸. 어쩌면 올해도 아버지가 하늘에서 내려다보시며 흐뭇한 미소를 짓거나 걱정스러운 표정으로 혀를 끌끌 차실지도 모르겠지만.

술에 관한 단상

그리스로마신화 속의 디오니소스와 박카스는 술의 신이다. 그들의 이름은 '어머니가 둘인 자'란 뜻이다. 제우스와 세엘레의 아들로 달이 찰 동안 제우스의 허벅지에서 자라다 태어났다. 그들은 이집트와 시리아, 아시아 전역에 포도 재배를 보급, 전파한 신으로 알려져 있다.

또 그들이 포도나무를 새와 사자, 당나귀의 뼛속에도 옮겨 심어놓았다. 그래서 사람들이 포도주를 마시면 처음에는 새처럼 재잘거리다 사자처럼 난폭해지고, 결국엔 당나귀처럼 우매해진다는 것이다.

『탈무드』에도 술을 마시면 처음엔 양처럼 온순하다 사자처럼 사나워지고 원숭이처럼 우스꽝스럽다 결국 돼지처럼 땅바닥을 뒹굴며 토한다고 했다. 어느 화학자는 우스갯소리로 사람이 술에 취하면 개가 되는 까닭은 술의 주성분인 에틸알코올의 입체 분자 모형이 개처럼 생겼기 때문이란다. 그 모양새를 상상해보니 저절로 고개를 끄덕이게 된다.

　나 자신이 걸핏하면 폭음을 일삼던 흑역사가 있다. 두주불사斗酒不辭의 주량을 무용담처럼 떠벌리던 철딱서니 없던 시절이었다. 친구들과의 술자리에서 조선시대 송강松江 정철이 지은 사설시조 형식의 권주가인 「장진주사將進酒辭」를 읊어대며 으스대기까지 했었다. 아무리 혈기방장한 시절이었다지만, 지금 생각하면 쥐구멍에라도 숨고 싶은 행동이 아닐 수 없다.

　오직 술을 마시기 위해서, 취하기 위해서, 아니 잊어버리기 위해서 목구멍으로 술잔을 털어넣던 천둥벌거숭이시절이었다. 그런 만큼 실수도 뒤따랐다. '블랙아웃blackout'(일시적인 기억상실)이 되었던 적도 부지기수다. 어떤 날은 친한 선배와 통음痛飮을 하고 한밤중에 정신을 잃고 길바닥에 널브러졌었다. 그리고 다음 날에서야 손목시계를 잃어버린 걸 알 정도로 삶이 엉망진창이던 때였다. 참으로 미스터리한 점은 그리 모주망태가 되었는데도 매번 집을 제대로 찾아갔다는 것이다.

　영국의 역사학자 토마스 풀러는 "바다에 빠져 죽은 사람보다 술에 빠져 죽은 사람이 훨씬 더 많다"라고 했다. 또 누군가는 술에 취하는 건 세상에 지는 거라고 했다. 한데 나는 술기운을 빌려 수시로 위선과 위악의 선을 넘나들었다. 술에서 깨어나보면 예외 없이 현실은 이전보다 더 암담해지거나 참혹했다. 어리석게도 현실의 괴로움을 술로 위로받을 수 있으리라는 착각과 오만에 빠져 있었던 탓

●

이다. 그야말로 술독에 빠져 허우적대는 지리멸렬한 삶이었다.

생텍쥐페리의 『어린 왕자』에는 '술주정뱅이의 별'에 관한 에피소드가 나온다. 그 별에 도착한 어린 왕자는 술꾼과의 대화를 통해 어른들은 참 이상한 존재라고 생각하기에 이른다. 두 사람의 대화를 옮겨본다.

"거기서 뭘 하고 계시죠?/ 술을 마시지/ 왜 술을 마셔요?/ 잊으려고/ 무얼 잊기 위해서죠?/ 내가 부끄러운 놈이란 걸 잊기 위해서/ 뭐가 부끄러운데요?/ 술을 마신다는 게 부끄러워!"

나 또한 '내가 부끄러운 놈이란 걸 잊기 위해서' 술독에 빠져 살았던 적이 있다. 굳이 이유를 들자면 대학 입시 실패와 첫사랑의 배신 때문이었다. 그것도 믿었던 친구에게 사랑과 우정을 한꺼번에 잃은 터였다. 극심한 열패감에 사로잡혀 거의 매일 술에 의지하다시피 했다. 그때부터 생겨난 폭음 습관은 사고로 영구장애를 입기 전까지 계속 이어졌다. 술독에 빠져 죽지 않은 게 천만다행일 정도다.

물에 빠져 익사 직전까지 갔던 적도 두 번이나 있다. 처음은 초등학교 1학년 겨울방학 때다. 동네 형들을 따라 인근 저수지로 썰매를 타러갔다. 형들이 내기하듯 수초 부근을 빠른 속도로 질주하는 모습에 반했다. 그 뒤를 따라서 양손의 꼬챙이로 빙판을 힘껏 내려찍으며 달려나갔다. 아뿔싸! 그 순간, 얇고 투명한 얼음이 사방팔방으로 금이 갔다. 썰매와 내 몸이 동시에 물속으로 빨려 들어갔다. 다행히 근처에 있던 중학생 형이 잽싸게 긴 썰매 꼬챙이를 건네줬다. 덕분에 그걸 잡고 얼음물을 빠져나올 수 있었다. 당시 물에 흠뻑 젖어 덜덜 떨고 있는 나를 위해 형들은 재빨리 저수지 둑에다 불을 피워줬다. 지금 다시 생각해도 그 형들은 생명의 은인들이다. 나는 그날 황덕불에 젖은 옷과 양말을 감쪽같이 말릴 수 있었다. 그러고 집에 돌아가서는 그 일에 대해서 입도 뻥긋하지 않았다.

또 한번은 중학교 1학년 여름방학 때의 일이다. 막내 외삼촌을 따라 외갓집 근처 호숫가로 낚시를 갔다. 두어 시간을 기다렸으나 물고기는 입질조차 하지 않았다. 한낮의 태양은 시간이 갈수록 성을 부렸다. 지루함과 찌는 듯한 무더위에 겁 없이 물에 뛰어들었다. 하필이면 그곳은 오니汚泥가 잔뜩 쌓여 있는 급경사면이었다. 순간적으로 두 발이 펄 속에 푹 빠졌다. 당황한 내가 허우적거리면 거릴수록 발은 점점 더 오니 속으로 깊숙이 빠져들어갔다. 다행히 외삼촌이 사력을 다해 끄집어낸 덕분에 익사를 면할 수 있었다. 그 일로 외삼촌은 다시는 나를 낚시터에 데려가지 않았다. 세월이 한참 흘러 외숙과 함께한 자리에서 우연히 그 얘기가 나왔다. 외숙은 당신이 나의 생명의 은인이라며, 당장에 큰절을 올리라고 냅다 호통(?)을 쳤다. 나이가 고작 세 살 터울인데 말이다.

아무튼, 나는 물과 술에 빠져죽을 뻔한 흔치 않은 경험을 했다. 현재는 그 두 가지를 하고 싶어도 못하는 신세다. 그리고 보니 큰

●

재해가 일어나기 전, 반드시 그와 관련한 작은 사고와 징후들이 여 럿 존재한다는 1 : 29 : 300의 '하인리히 법칙'에 자못 수긍이 간다. 어쩌면 한때 방탕했던 과거가 오늘의 단초가 되었는지도 모른다. 세상에 원인 없는 결과는 없으니까.

다산茶山 정약용은 『흠흠신서欽欽新書』에서 술에 취해 살인을 저지 른 자에게 심신미약을 이유로 주취 감형을 적용해 사형 대신 유배 형을 내린 정조 임금을 신랄하게 비판했다. 그는 정신이상은 하늘 이 만든 재앙이나 술에 취해 저지른 범행은 다분히 고의적인 것이 라 했다. 따라서 엄형으로 다스려야 한다고 일갈했다.

요즘 사회적 공분을 일으킨 흉악범들에게 주취니, 심신미약 상 태니 하며 형벌을 감경하는 사법부의 판결을 볼 때마다 혈압이 오 른다. 술이 대체 무슨 죄란 말인가. 술에 손발이 달린 것도 아닌 데, 술에 술꾼이 저지른 죄를 나누어주다니. 필시 나만의 불만은 아닐 테다.

거울 앞에서

날이 갈수록 거울 보기가 두렵다. 얼굴의 주름살이 깊어지고 흰 머리칼이 늘어나서가 아니다. 바야흐로 가슴에 청운의 꿈을 안고 앞만 보고 달려나가던 어느 날 한순간에 삶이 결딴났다. 그때 비로소 삶을 되돌아보는 기회를 얻게 되었다.

막상 돌아보니 철부지로 살아온 지난 삶이 한없이 부끄럽다. 그렇게 생각하는 이유는 셀 수도 없이 많다. 결정적인 이유는 지금껏 살아오며 잘한 일이 별로 없는 것 같아서다. 철부지란 말이 '절부지 節不知', 즉 자신이 무슨 잘못을 했는지 사태의 위중함을 전혀 모르는 사람에서 유래한 것처럼 말이다.

그래서 그럴까? 거울을 볼 때마다 자기 혐오가 늘어난다. 천둥벌거숭이처럼 오만방자하던 시절이 물안개처럼 스멀스멀 피어오른다. 한때 유럽을 제패했던 황제 보나파르트 나폴레옹은 "지금 자신이 겪고 있는 불행은 언젠가 자신이 잘못 보낸 시간의 결과"라고 말했다. 세상에 우연은 없다. 우연 같은 필연이 있을 뿐이다. 인생은 뿌린 대로 거둔다. 따라서 살아가는 동안 자신이 내딛는 한 걸음 한 걸음이 '퍼스널 히스토리Personal history'가 된다는 사실을 절대로 잊어서는 안 된다.

사고 장애와 후유증으로 시달린 지 7년째. 모친의 돌연사는 나를 또 한번 심각한 공황상태에 빠뜨렸다. 몇 날 며칠 식음을 전폐한 채 생을 포기하려 했다. 그때마다 가족들은 나를 병원 응급실로 데려갔다. 수액과 영양제를 맞춰 다시 살려놓곤 했다. 물론 지금도 돌아가신 부모님을 생각할 때마다 죄책감으로 트라우마에 시달리고 있다.

러시아의 대문호 도스토예프스키는 "인간에게 가장 가혹한 형벌은 전혀 무익하고 무의미한 일을 지속하는 것이다"라고 말했다. 내게도 그런 시절이 있다. 가족이 먹여주는 밥을 받아먹고, 배설하고, 숨만 쉬며, 다음 날 아침에 다시 눈을 뜨고 싶지 않은 때가 있었다. 그때 우연히 읽은 델마 톰슨의『빛나는 성벽』과 장 도미니크 보비의『잠수종과 나비』라는 책은 큰 감동과 용기를 주었다. 특히 두 사람의 삶은 내게 신선한 충격으로 다가왔다.

델마 톰슨은 제2차 세계대전 당시 군인이었던 남편을 따라 미국 육군훈련소가 있던 캘리포니아 모하비 사막에서 살았다. 집 밖의 주변 환경은 더없이 열악했다. 이웃에는 인디언과 멕시칸뿐이어서 말조차 통하지 않았다. 그녀는 자신의 친정아버지에게 "아빠, 여기서 사느니 차라리 감옥에 들어가는 게 나을 것 같아요"라고 편지를 썼다. 얼마 후, 친정아버지로부터 "감옥 창살문 사이로 밖을 내다보는 두 사람, 한 사람은 진흙탕을 바라보고, 다른 한 사람은 별을 바라본다"라는 짤막한 답신이 도착했다. 그녀는 깊이 깨달은 바 사막 환경에 대한 세심한 관찰과 연구를 거듭한 끝에 반짝이는 별을 소재로『빛나는 성벽』이라는 소설을 출간했다. 일순간에 세계적인 베스트셀러 작가로 변신하게 되었다. 위기를 기회로 바꿔 인생역전을 이룬 셈이다. 작가 오스카 와일드의 말처럼 우리는 모두 시궁창 속에 살지만, 누군가는 저렇게 별을 바라보며 산다.

장 도미니크 보비는 프랑스의 세계적인 여성 잡지 엘르Elle의 편집장이었다. 1995년 갑자기 뇌졸중으로 쓰러졌다. 3주 후 의식이 깨어났으나 왼쪽 눈꺼풀만 깜빡거릴 수 있었다. 얼마 후 그는 눈 깜빡임을 신호로 알파벳을 지정했다. 그리고 대필자인 클로드 망디빌에게 20만 번 이상의 눈을 깜빡여 15개월 만에『잠수종과 나비』라는 세계적 베스트셀러를 쓰게 된다. 하지만 그는 책이 출간된 지 8일 후에 심장마비로 이승을 떠났다.

그는 책 서문에서 "흘러내리는 침을 삼킬 수만 있다면 세상에서 가장 행복한 사람입니다"라고 말한다. 그의 말처럼 들숨과 날숨을 자유롭게 쉴 수 있다는 것만으로도 행복한 사람이다. 불평과 원망은 행복에 겨운 자의 사치스러운 신음일 뿐이다. 이 책들을 읽고 난 뒤에 다짐했다.

'그래, 나도 이대로 죽을 순 없다. 현실을 회피하지 말고 있는 그대로 받아들이자. 결연한 자세로 운명에 저항하자. 그 다음 일은 신에게 맡기자!'라고.

미국 시인 헨리 워즈워스 롱펠로는「인생 찬가」란 시에서 '미래를 믿지 말라/ 죽은 과거는 묻어버려라/ 살아 있는 현재에 행동하라'라고 준열히 훈계한다. 과연 하루아침에 옴짝달싹할 수 없게 된 중증 장애인인 내가 가장 잘할 수 있는 일이 무엇일까? 몇 날 며칠을 고민했다. 독서와 글쓰기밖에 없었다. 그리고 지금껏 그것들을 놓지 못하는 이유는 크게 세 가지다. 첫 번째는 무한한 자기 결핍감 때문이다. 두 번째는 인간에 대한 끊임없는 연민이다. 마지막으로는 나의 정체성과 자존감을 찾는 일이다.

가끔 외부 초청 강연을 하러 간다. 매번 사람들에게 고난과 시련은 인간을 더욱 강하게 만드는 요소라고 강조한다. 살아가면서 누구나 고난과 시련을 맞닥뜨린다. 그때는 당장 미칠 것 같고 죽을 것 같다. 하지만 세월이 약일 경우가 대부분이다. 인생이 아무리 나빠 보여도 살아 있는 한 희망이 있다. 살아야 할 분명한 이유가 있다면 어떠한 고난과 시련도 견뎌낼 수 있다.

우연히 거울을 보다가 문득 깨닫는다. 젊을 때는 맞는다고 생각했던 일들이 지금은 틀렸다는 걸 말이다. 그러나 그때로 다시 되돌아간다 해도 지금보다 더 합리적이고 현명한 판단과 선택을 할지는 장담할 수 없다. 다만 한 가지 분명한 사실은 당시에는 그것이 최선의 결정이란 것을 믿고 행동으로 옮겼다는 점이다. 그런 판단과 선택의 결과가 바로 오늘의 나인 것이다. 그러니 이제 와서 누구를 탓하랴.

'메아 쿨파, 메아 쿨파, 메아 막시마 쿨파!Mea Culpa, Mea Culpa, Mea Maxima Culpa'(라틴어로 내 탓이요, 내 탓이요, 내 큰 탓이로소이다라는 뜻)

●

마지막 이틀

선친께서 돌아가시기 일주일 전이었다. 창밖에는 호두나무 푸른 이파리들이 초가을 햇살에 파닥거리고 있었다. 당신은 혼자 힘으로 바람벽을 의지해 자리에서 간신히 일어섰다. 그러고는 창틀에 몸을 기댄 채 창밖 허공을 향해 소리쳤다.

"엄마~! 엄마~! 엄마~!"

그 모습은 마치 잠에서 금방 깨어나 엄마를 찾는 어린아이와 같았다. 그 외침 속에는 시시각각 엄습해오는 죽음의 공포를 물리치려는 안쓰러움과 모성에 대한 원초적 그리움이 진하게 배어 있었다. 얼마 지나지 않아 다리에 힘이 풀려버린 아버지는 이내 자리에 털썩 주저앉고 말았다.

채 몇 분이나 지났을까. 무슨 결심이라도 한 듯 아버지는 손을 뻗어 온갖 잡동사니가 들어 있던 머리맡 서랍을 열었다. 그 속에 얽히고설켜 있는 전깃줄 하나를 꺼내들었다. 곧이어 그 줄을 당신의 목

●

에 칭칭 감고 있는 힘껏 졸랐다. 스스로에 대한 연민 때문이었을까. 아직도 남아 있는 삶에 대한 애착과 미련 때문이었을까. 몇 차례 안간힘을 써보았지만 잘 되질 않았다. 그러는 사이 온몸에 기운이 빠지고 정신이 아득해졌다. 급기야는 양손에 줄을 쥔 채 쿵, 소리를 내며 방바닥에 널브러지고 말았다.

하필이면 그 순간을 목격한 아내의 앙칼진 목소리가 집안 고요를 쩍 갈랐다. 그것은 스테인리스 쟁반을 바닥에 내동댕이쳤을 때의 굉음처럼 들렸다.

"아버님! 전깃줄을 왜 목에 감고 그러세요? 아휴, 정말!"

"…."

아내는 아버지의 그런 돌발행동이 단순히 치매가 심해진 탓이라 생각했던 모양이다. 그러나 아버지는 며느리의 타박에도 별다른 반응을 보이지 않으셨다. 그럴만한 힘도 남아 있지 않았다. 모든 것을 체념한 듯 허공을 향해 몇 차례 초점 잃은 두 눈을 껌뻑거릴 뿐이었다.

미국 철학자이자 심리학자인 켄 윌버는 저서 『무경계』에서 이렇게 꼬집는다. "늙은 고양이는 죽음이 임박했다고 해서 공포의 급류에 휩쓸리지 않는다. 그저 조용히 숲으로 들어간다. 나무 밑에 웅크리고 앉아 죽음을 맞을 뿐이다. 병든 울새는 버드나무 가지에 편안히 앉아 황혼을 바라본다. 그러다 더는 빛을 보지 못하게 되면 마지막으로 눈을 감고 조용히 땅에 떨어진다. 인간이 맞이하는 죽음의 방식과 얼마나 다른가?"라고. 다시 말해 지상에서의 마지막 숨이란 걸 알면서도 눈앞의 꺼져가는 빛에 끝까지 분노하는 게 인간이라는 존재임을 에둘러 표현한 것이다.

임종 이틀 전이었다. 초등학교 동창생인 L이 서울에서 내려왔다. 돌아가시기 전에 마지막으로 한번 더 뵙고 싶다는 마음에서였다. 그녀는 오자마자 안방으로 들어갔다. 그러고는 마른 가랑잎처럼 누워 있는 아버지의 손을 잡고 말했다.

"아버지, 저 왔어요. ○○예요. 제 말이 들리면 눈 좀 떠보세요."

그녀의 거듭된 간청에 아버지는 간신히 실눈을 뜨는 듯했다. 기력이 다했는지 별다른 반응을 보이지 않았다. 그녀는 머리맡에 무릎을 꿇고 앉아 한참 동안 기도를 했다. 아버지의 평온한 임종을 바라는 기도였다.

얼마 뒤, 거실로 나온 그녀가 입을 열었다.

"친구야, 아버지가 이제 얼마 안 남으신 것 같다. 내 생각엔 지금이라도 네 옆으로 자리를 옮겨드리고 싶은데…. 그러면 네가 하고 싶은 얘기라도 맘껏 할 수 있지 않을까 싶어서 그래."

"난 왜 지금껏 그 생각을 못했지? 그럼 당장 그렇게 해줄래?"

"그래. 알았어. 뭐 어려운 일도 아닌데…."

그녀는 말이 끝나기 무섭게 즉시 행동에 옮겼다. 안방으로 들어가 아버지가 누워 있는 이부자리째 끌고 거실로 나왔다. 옆에서 이를 지켜보던 간병사는 안절부절못했다.

●

95

그렇게 아버지는 안방에서 거실로 옮겨졌다. 내 곁에서 생의 마지막 이틀을 함께 보냈다. 사흘째 물과 곡기를 끊고 있는 아버지를 향해 고백성사하듯 눈물 콧물이 범벅된 채로 나는 혼잣말을 연신 중얼거렸다.

부자 관계는 왠지 모르게 어색하고 딱딱하다. 견제와 간섭의 대상이 되는 경우가 허다하기 때문이다. 그런 과정에서 남모르는 애증이 쌓이게 마련이다. 속절없이 세월은 흘러, 강자였던 아버지는 약자가 된다. 마침내 아들이 강자로 뒤바뀌는 순간, 그 옛날 자신의 아버지가 그랬듯이 아들에게 자신의 자리를 내어준다. 그렇게 자리를 바꾼 아들은 또 자신의 아이에게 모든 걸 내놓고 물러나야 한다. 아버지는 세상에서 가장 아름답고 슬픈 직업이다.

아버지의 유품이라곤 잔액이 바닥난 통장 몇 개와 2G 휴대전화기뿐이었다. 더욱이 작고하기 한 달여 전부터는 치매기를 보이기 시작했다. 처음엔 약간의 난폭성을 보여 '나쁜 치매'인 줄 알았다. 그런 아버지의 모습을 보며 식구들은 이맛살을 찌푸렸다. 하지만 시간이 지날수록 보니 너무도 조용하고 유순한 '착한 치매'였다. 때로는 자신의 지워진 기억을 되살리려고 무진 애를 쓰는 모습이 역력해보였다. 나는 아버지가 정신이 조금 돌아올 때마다 여쭸다.

"병원으로 옮겨 수액이라도 달아드릴까요?"

그때마다 아버지는 손사래를 치셨다. 딱히 내가 할 수 있는 일이라곤 아무것도 없었다. 과연 어떻게 하는 게 당신께서 편안히 임종

●

을 맞이하게 하는 건지, 무엇이 옳은 건지 판단이 잘 서질 않았다. 나 혼자만 애가 탔다. 가족과 친지들은 아버지의 죽음을 이미 기정 사실로 받아들이고 있었다.

가족 형제 모두는 평소처럼 일상을 꾸려나갔다. 심지어 다가올 사별에 대한 슬픔을 느끼고 있기나 한 건지 의심이 들 정도로 매우 차갑고 냉정했다. 미국 작가 빈센트 스태니포스의 저서『아버지에게 묻고 싶은 것들』에는 "우리의 문제는 자신에게 가장 중요한 사람들을 늘 거기에 있는 것처럼 당연시한다는 것이다"라는 구절이 나온다. 나 역시도 부모님이 늘 내 곁에 계실 거로 착각하며 살았다.

아버지와 함께 보낸 마지막 이틀은 지상에서 용서를 빌고 화해하는 마지막 기회였다. 지금도 아버지는 돌아가신 게 아니라 스스로 자살을 택하신 게 아닐까 하는 생각이 머릿속에서 내내 떠나질 않는다. 시인 김현승은 「아버지의 마음」에서 '아버지의 눈에는 눈물이 보이지 않으나/ 아버지가 마시는 술에는 항상/ 보이지 않는 눈물이 절반이다/ 아버지는 가장 외로운 사람이다'라고 토설했다. 나는 뒤늦게 그 절창의 의미를 절절히 깨달았다. 그런 어리석음에 대해서 거듭 통렬한 반성과 후회를 하는 중이다.

저녁놀을 바라보며

몇 해 전 겨울날, 안면도 꽃지해수욕장에 간 적이 있다. 서해 낙조를 보기 위해서였다. 때마침 해 질 무렵이라 주변 살풍경은 대수롭지 않게 느껴졌다. 이윽고 해가 먼 수평선으로 내려앉는 즈음부터 감탄사가 절로 터져나왔다. 나는 일행과 함께 금세 황홀경에 빠져들었다. 그야말로 태양 빛이 뿌리는 하루의 마지막 장엄이 파노라마처럼 펼쳐지는 '매직 아워Magic hour'(일출과 일몰 시 하늘빛이 황홀경을 보이는 시간)였다.

너나없이 새벽 일출을 보며 환호작약歡呼雀躍한다. 그것은 새로운 꿈과 희망을 다지는 순간이기 때문이다. 반면에 저녁놀을 바라보며 한없이 엄숙 진지해지는 것은 자신의 삶을 성찰하는 기회로 삼기 때문이다. 특히 장년을 넘긴 이들이라면 인생 말년에 저녁놀처럼 타오르고 싶은 건 인지상정일 것이다.

어느 시인은 천하고 가벼운 목숨일지라도 마지막은 항상 서해를 물들이는 저녁놀처럼 장엄하다고 했다. 비록 힘들고 고달픈 인생길이지만 누구나 편안하고 행복한 노년을 꿈꾼다. 그러면서 삶의 마무리를 어떻게 할 것인가를 진지하게 고민한다. 즉, '웰다잉well-dying'이 현실적 문제로 다가온다.

'인생초로人生草露'라고 했다. 인생은 잠시 풀잎에 맺혔다가 가뭇없이 사라지는 이슬과 같아서다. 찰나를 살다가면서 과연 우리는 무엇을 마음에 담아야 하고 무엇을 내려놔야 할까? 모르긴 몰라도 자기 자신을 이 사회에서 '버림받은 잉여인간'쯤으로 자학하며 벼랑 끝에 내몰린 장노년층이 부지기수일 것이다. 특히 50~60대들은 명예퇴직이나 해고, 사업 실패 등으로 경제적 심리적 빈곤에 내몰리는 게 현실이다.

재취업과 재기도 쉽지 않다. 꼰대라는 차가운 사회적 시선에 더욱더 서글픔을 느낀다. 이들을 그물망처럼 촘촘히 보살피는 정책과 제도의 필요성은 두말할 필요도 없다. 한데 복지 사각지대에서 종종 극단적 선택을 하는 사람들의 뉴스를 볼 때마다 영 남의 일 같지가 않다. 당장 나부터도 고독사를 염려해야 할 처지이기 때문이다.

솔직히 이제는 넘어졌다가 다시 일어서는 부도옹不倒翁처럼 산다는 건 쉽지 않은 일이다. 다만 정신줄만큼은 꼭 붙들고 살아야 한다. 요즘은 자주 미국의 나바호 인디언의 시를 생각한다.

'그 옛날에도 살아남았어. 그러니 지금도 다시 해낼 수 있을 거야/ 그렇게 많은 일을 겪었으니 다시 한번 할 수 있어/ 폭풍우와 곰, 늑대와 백인들을 물리쳤지/ 그러니 늙는 것도 물리칠 수 있을 거야/ 아무리 상황이 열악해도 나는 양을 데리고 들판으로 나갔어/ 그러니 나이가 아무리 들어도 하던 일을 계속할 거야'

나는 틈날 때마다 이 시를 떠올리며 스스로 결의를 다지고 있다.

인생을 살아가면서 하지 말아야 할 다섯 가지가 있다. 첫째, 어느 때건 남을 원망하지 말 것. 둘째, 스스로 너무 자책하지 말 것. 셋째, 엄연한 현실을 부정하지 말 것. 넷째, 지지리 궁상떨지 말 것. 다섯째, 절대로 조급해하지 말 것. 반면에 해야 할 다섯 가지가 있다. 첫째, 자기 자신을 똑바로 알 것. 둘째, 늘 희망을 품고 살 것. 셋째, 마음속에서 용기를 짜낼 것. 넷째, 닥치는 대로 책을 읽을 것. 다섯째, 미래에 성공한 모습을 상상하고 행동할 것 등이다. 자고로 이 열 가지가 우리의 삶을 결정짓는다고 한다.

얼마나 오래 살았느냐보다 어떻게 살았느냐가 더 중요하다. 지금 몇 살인가보다 얼마만큼 나잇값을 하며 품격있게 잘 늙어가고 있느냐가 더 중요하다. 에멜무지로 불온하고 아픈 과거의 늪에 빠져 허우적거릴 시간이 없다.

가톨릭 트라피스트회 수도사들은 일생을 기도와 침묵, 노동으로 살며 유일하게 할 수 있는 말이 '메멘토 모리!Memento mori'(라틴어로 죽음을 기억하라는 뜻)다. 죽음 앞에서 모든 인간은 겸허해질 수밖에 없다. 사는 동안 우리는 겸허히 제 나이에 걸맞은 덕과 지혜를 늘 고민해야 한다. 그것이 타인의 기억 속에 오래 남을 수 있는 길이다. 인간으로 태어나 남들에게 쉬이 잊히는 것처럼 슬픈 일이 없기 때문이다.

어느덧 이순을 넘기니 뜬구름 같던 인생이 어렴풋이나마 보인다. 정말 소중한 것이 무엇인지를 구분하게 되었다. 내가 경험한 바로는 세상살이에는 3대 원칙이 있다. 첫째, 세상에 공짜는 없다. 둘째, 뿌린 대로 거둔다. 셋째, '적선지가 필유여경積善之家 必有餘慶'이다. 즉, 선한 일을 많이 행하는 집은 반드시 경사스러움이 남아돈다. 이제 남은 시간만큼이라도 가족과 이웃을 더 살갑게 보듬어야 한다. 진실로 공감하고 위로하며 더불어 사는 것에 집중할 생각이다.

흔히 '말이 씨가 된다'라고 한다. 좋은 뜻이건 나쁜 뜻이건 간에 뱉은 말이 불러올 결과에 대한 주의를 경고하는 의미이다. 이것을 심리학 용어로는 '자기충족적 예언'이라고 한다. 좋거나 나쁜 예언이 상대방에게 어떤 행동을 유발해서 결국 그 예언이 현실화하는 것을 말한다. 예언이란 타인의 기대와 예측이다. 타인으로부터 긍정적이거나 부정적인 예언을 듣게 되었을 때 결국은 그대로 된다는 것이다. 가령 자기 스스로 할 수 있다고 생각하면 그렇게 되는 것이다. 체념하고 포기하는 순간 부정적 결과를 가져온다. 또한, 자신이 무심코 던진 사소한 말 한마디가 누군가에게는 절체절명의 요소가 될 수 있다. 특히 나와 같은 꼰대들이 주의해야 할 점이다.

오늘은 저녁놀이 유난히 붉디붉다. 그해 겨울 꽃지해수욕장에서 다짐했던 생각들을 다시금 떠올린다. 과연 얼마나 실천하며 살고 있는지를. 인생은 소멸을 위해 달려가는 것이다. 삶에는 정답도 왕도도 없다. 그것들을 찾아가는 과정일 뿐이다. 그조차 허망한 일이었음을 깨달을 때쯤이면 생은 덧없이 끝나버리고 만다.

이탈리아 출신의 세계적 베스트셀러 작가 움베르토 에코의 『장미의 이름』 말미엔 다음과 같은 명문장이 나온다.

"동등同等과 부동不同이 존재하지 않는, 적막과 화합과 적멸의 나라인 하늘, 그 심연에서는 나의 영혼 역시 무화無化하여 동등함과 부동함을 알지 못할 것이다. 또 같음과 다름에 대한 분별이 없는 깊고 깊은 바닥으로 가라앉을 것이다. 아니 수고도 형상도 없는 완전히 적막한 무無로 돌아가는 것이다. '지난 날의 장미는 이제 그 이름뿐, 우리에게 남은 것은 그 덧없는 이름뿐'(클리뉘의 베르나르가 쓴 「속세의 능멸에 대하여」라는 풍자시의 제1절)"이라고.

나를 비롯해 내가 아는 모든 이의 남은 삶이 저녁놀 같기를 바라마지 않는다.

숲으로 돌아가리라

바람 한 점 없는 봄날이다. 빈센트 반 고흐의 그림처럼 푸른 하늘에 흰 구름 몇 점 무심히 떠간다. 산들은 어제와 다름없이 그 자리에 서 있다. 마을의 낯익은 지붕들도 모두 그대로다. 허공을 가로질러 난마처럼 얽혀 있는 몇 가닥 전깃줄이 허공의 경계를 가를 뿐.

내 마음에는 강물이 흐른다. 어디론가 흘러간 강물은 거대한 호수를 만든다. 그것도 잠시, 호수 가장자리 한 군데가 툭 터져서 낮은 곳을 지나 더 낮은 곳을 향해 생각은 쉼 없이 흘러내려간다.

푸른 사념의 바다! 연신 으르렁대며 달려드는 상념의 파도들이 오후 창가에서 울부짖는다. 그 순간, 투명한 유리컵 속에 담긴 자줏빛 알뿌리에서 피워올린 초록잎 꽃대 사이에서 향긋한 히아신스 꽃송이가 핑크빛 별처럼 반짝인다. 이렇듯 끊임없는 소란과 적요가 혼재하는 촌음 사이에도 새롭고 찬란한 우주가 탄생하는 것이다.

이러한 시간, 가뭇없이 사라진들 누가 알랴. 끊임없는 탄생과 소

●

멸, 진화와 퇴화의 순환 사이클 속에서 우리 모두 서서히 죽어간다. 눈에 보이는 것들은 보이지 않는 것들의 저항일 뿐. 끝끝내 인생의 실체와 본질을 알지 못한 채 떠나가기에 종말은 하나같이 허망하고 덧없는 것인지도 모른다.

오늘도 홀로 책과 컴퓨터 자판의 그늘에서 허우적거렸다. 그렇게 몰입하다보니 심장에 금이 갔던 내 청춘의 겨울이 지나갔다. 죽은 어머니와 아버지와 막냇동생도 지나갔다. 한때 사랑했던 여자들도 스쳐지나갔다. 왠지 모를 설움에 거워 거실 창을 활짝 여니 근처 가로수에서 날아오는 달콤한 이팝나무꽃 냄새가 콧속으로 무장무장 스며든다.

날이 갈수록 나만 혼자 세상의 흐름을 놓치고 대열에서 제외된 듯한 소외감과 박탈감, 고립무원 같은 두려움을 느낀다. 계절이 바뀔 때면 더욱 그렇다. 하지만 문밖에 나가서 푸른 하늘을 올려다보거나, 얼굴에 싱그러운 바람을 쐬고, 맑은 공기를 폐부 깊숙이 들이마시거나, 자연의 풍경을 바라보는 순간, 어두운 방구석에서의 생각들은 죄다 사상누각처럼 속절없이 무너져내린다. 특히 나뭇가지마다 돋는 연둣빛 새순들을 바라보는 순간, 생의 모드mode는 우울에서 환희로 급전환된다.

고독은 호흡을 따라 육신과 영혼을 들락거린다. 단박에 지혜를 깨달을 듯 안달이 난 사람들은 산과 들을 헤맨다. 또 어떤 이는 토굴 속에 몸을 깊숙이 숨긴 채 도道를 닦는다. 기실 은자隱者는 환한

●

대낮과 어두운 밤을 구분하지 않는 법이다.

이제부터는 온전히 나 자신에게 집중하는 데 시간을 보내기로 한다. 일본의 근대작가 나쓰메 소세키는 「방랑」이란 시에서 '완전한 인간이란 무심한 강가에서 휴식을 취하며 미동도 없이 부드러운 바람을 만끽하고 은은한 꽃향기를 즐기면서도 조금의 변화도 보이지 않는 대나무와 같다'라고 했다. 내 비록 불완전한 인간이나 대나무와 같은 삶을 왜 꿈꿔보지 않았겠는가.

이윽고 해거름이다. 붉은 노을에 취한 산들이 무릎을 꿇고 마치 무슨 기도라도 올리는 듯 보인다. 두 눈을 지그시 감은 채 서편 하늘을 향해 머리를 조아린다. 때맞춰 축 처진 어깨로 집에 돌아온 사람들이 갑옷미늘 같은 어스름을 켜켜이 벗어놓는다. 그러면 마을에도 어둠이 쌓인다. 여기저기서 애사哀思처럼 피어나는 전등불들! 누군가는 서늘한 바람벽에 등을 기댄 채 울고 있으리라. 또는 싸늘히 식어버린 방바닥에 드러누워 하루의 피로와 열기를 식히고 있을 것이다.

이제 어둠에 싸인 산들이 그 많은 새와 길짐승들을 넉넉히 품어안은 채 깊은 침묵 속으로 빠져든다. 산들도 한때는 하늘을 찌를 듯했던 시절이 있었으리라. 그 피 끓던 청춘의 뾰족뾰족한 모남을 햇빛과 비바람이 야금야금 갈아먹었다. 톱날 같던 능선들은 사나운 뇌우雷雨와 엄혹한 눈보라에 깎이고 또 깎이며 큰 키들은 완만하고 부드럽게 낮아졌으리라. 마침내 억겁의 시간이 흘러 산은 평지가

●

된다. 평지는 다시 우뚝 산으로 솟아오를 것이다.

장 그르니에는 산문집 『섬』에서 이렇게 말한다. "산을 넘으면 또 산이요, 들을 지나면 또 들이요, 사막을 건너면 또 사막이다. 결국, 절대로 끝이 없을 테고 나는 끝내 나의 둘시네아를 찾지 못하고 말 것이다. 그러니 누군가 말했듯이 이 짧은 공간 속에 긴 희망을 가두어두자!"라고.

그리하여 나는 개밥바라기 떠오르는 저 산들을 넘어 한적한 숲으로 돌아가리라! 가서는 나무와 숲의 정령이 되리라. 새잎 움트는 봄부터 헐벗은 겨울까지 스쳐지나가는 새들의 노랫소리와 바람소리를 듣고 싶다.

일찍이 공자는 '인자약산 지자요수仁者樂山 知者樂水'라 했다. 난 어질지 못해 산도 즐길 줄 몰랐다. 지혜롭지 못해서 물도 즐길 줄 몰랐다. 그러므로 야트막한 구릉지대에 터를 잡고, 바로 곁에는 너른 들이 펼쳐진 사이로 긴 강물이 흘러가면 좋겠다. 가없는 들판과 푸른 강물이 내려다보이는 그곳에서 온갖 나무들과 어울려 사는 사철 푸른 전나무나 구상나무로 혹은 단풍나무나 가문비나무로, 그도 아니면 밤나무나 오동나무가 되어 나이테를 단단히 여물게 하고 싶다. 먼 훗날, 어느 악기 장인의 간택을 받아 명기名器로 태어나서 세상에 아름다운 선율을 메아리처럼 전해주고 싶다.

아마티, 과르니에리, 스트라디바리우스는 세상의 3대 명기로 회자한다. 그들이 만든 바이올린과 비올라, 첼로 등의 현악기가 지닌

맑고 아름다운 소리의 비밀은 제작 당시의 단풍나무와 가문비나무들이 유럽에서 소빙하기를 거치며 나이테가 단단히 여문 목재들이었기 때문이다. 혹한과 삭풍을 견뎌낸 나무들에 장인들의 재능과 정성이 더해지며 명기로 태어날 수 있었다.

독일 민요 〈무씨덴muss i denn〉(가야만 하네)은 학창 시절 목소리 높여 합창했던 번안곡 〈노래는 즐겁다〉의 원곡이다. 나중에 알게 된 독일어 가사는 '가야 해요, 가야 해요/ 이 도시를 떠나야 해요 여기를 떠나야 해요/ 사랑하는 당신은 여기에 머물러 있어요/ 항상 당신과 함께 있을 수는 없지만/ 난 항상 그대를 생각한다네/ 내가 다시 돌아온다면 다시 돌아온다면/ 당신의 곁에 있으리'였다. 지난 날 그 사연을 모른 채 불렀던 노래가 가슴에 애잔하게 와닿는다.

간신히 막차에 올라탄 사람은 좌석에 연연하지 않는 법이다. 무사히 목적지까지 갈 수만 있다면 그걸로 만족한다. 이제 남은 길을 걸어감에 있어 결코 서두르거나 뛰어가지 않을 것이다. 간결한 보법으로 산책하듯 온몸을 자연에 맡기고, 바람이 불어가듯, 물이 흘러가듯, 하늘에 떠가는 구름처럼 가벼이 가리라.

종종 오직 자유를 위해 살았던 소설『그리스인 조르바』의 작가 니코스 카잔차키스의 묘비명을 생각한다.

"나는 아무것도 원하지 않는다. 나는 아무것도 두렵지 않다. 나는 자유다."

자유란 정지해 있을 때 그 가치를 잃는 것이기에 새로운 것을 향해 끝끝내 멈추지 않는다. 쉼 없이 운행하는 삶이야말로 진정한 자유다. 나 역시 자유로운 삶과 꿈을 향해 쉼 없이 운행하다 고요한 숲으로 돌아갈 것이다. 그리고 언젠가 멋진 악기로 환생하여 이승에서 미처 못다한 노래를 계속 부를 것이다. 남아 있는 사람들의 귓전에, 기억 속에 영원히 잊히지 않도록 오래오래.

제3장

죽음의 발견

5월의 이른 아침, 전화벨 소리가 집안 고요를 깨뜨렸다. 전화 속 친구 J는 떨리는 목소리로 말을 더듬기까지 했다. 한 시간 전 친구 S가 자신의 아파트에서 주검으로 발견되었다는 것이다. 너무나 황당하고 도무지 믿기질 않아 재차 물었다. 돌아온 대답은 똑같았다. 그렇지 않아도 일주일 전 S가 모임에 나오질 않아 궁금했었다. 한데 그의 돌연사 소식을 듣고는 순간적으로 머릿속이 하얘지고 눈앞이 캄캄해졌다.

생각해보니 몇 달 전, 그가 응급실에 실려간 적이 있었다. 그는 의사로부터 심장에 문제가 있으니 당장 술 담배를 끊으라는 경고를 들었다. 그런데도 한쪽 귀로 흘려버리고 말았다. 장례식을 치르며 비로소 그의 죽음에 대한 의문이 풀렸다. 사실 그는 1년 전 이혼을 하고 혼자 생활 중이었다. 그러려니 금주 금연은 먼 나라 얘기였다.

더욱 기가 막힌 점은 친구 중에 그가 이혼한 사실을 아무도 모르

●

고 있었다는 사실이다. 그는 별명이 크렘린일 정도로 평소에 자신의 신변에 관한 일들을 얘기한 적이 별로 없었기 때문이다. 그 일을 뒤늦게 알게 된 모두가 아연실색했다. 친구들은 곤경에 처해 있었던 그에 관해서 전혀 몰랐던 점과 죽음에 이르도록 무관심했던 것에 대해 뒤늦은 자책과 비통함을 금치 못했다.

　나중에 전해 들은 바로는 며칠째 전화를 받지 않고 연락이 닿질 않자 그의 매제가 직접 아파트로 찾아갔다. 현관문은 굳게 잠겨 있었다. 계속 초인종을 눌러도 안에서는 아무런 인기척이 없었다. 불길한 예감에 열쇠수리공을 불러 문을 따자마자 집안에는 악취가 진동했다. 방안을 살펴보니 전기장판 위에 그가 이불을 뒤집어쓴 채 반듯이 누워 있었다. 시신 부패가 한참 진행되어 얼굴조차 알아볼 수 없었다고 한다. 더군다나 전기 매트가 켜져 있는 상태로 부패를 가속한 바람에 시신이 바닥에 눌어붙다시피 했다니 참혹하기가 이를 데 없었다. 그의 매제는 놀란 가슴을 억누르고 즉시 경찰에 신고했다.

　부검 결과, 그의 직접적 사인은 급성심근경색에 의한 돌연사로 사망 시각은 열흘 전쯤으로 추정되었다. 나는 말로만 듣던 고독사를 친구의 죽음을 통해 경험하게 된 것이다.

　그의 어이없고 안타까운 죽음에 모두가 망연자실했다. 친구들은 사흘 밤낮 장례식장을 지키며 연거푸 술잔들을 목구멍으로 털어넣었다. 그것은 친구의 애통한 죽음을 애도하는 일인 동시에 자신들에게 닥칠지도 모르는 불안한 미래에 대한 자위自慰행위였다. 결국, 그는 한 줌의 재로 변해 우리 곁을 떠나갔다.

나도 혈육 셋을 잃었지만, 친구의 갑작스러운 죽음은 한동안 나 자신을 멘붕 상태에 빠뜨렸다. 죽음은 결코 멀리 있지 않았다. 바로 곁에 있음을 새삼 절감했다. 인생길 끝에 확실한 게 하나 있다면 그건 바로 죽음이다. 누구도 피할 수 없는 자연의 법칙이다. 한데 천년만년을 살 것처럼 우리는 인생을 헛되이 소진하고 있다.

알베르 카뮈는 "인생은 BBirth와 DDeath 사이의 CChoice이다"라고 했다. 모름지기 인생은 자신의 선택 여하에 달려 있다. 결국, 산다는 것은 언제나 지금의 순간을 사는 것이다. 이 순간 밖에서의 삶은 없다.

삶과 죽음은 동전의 양면과도 같다. 영원히 죽지 않는 불멸은 없다. 반드시 죽어야만 하는 필멸이 있을 뿐이다. 인간은 누구나 예외 없이 홀로 죽음을 맞이함으로써 고독사를 하는 셈이다. 나도 진갑을 넘겼으니 생각할수록 아찔하다. 앞에 닥쳐올 죽음을 어찌 피할 수 있겠는가. 어차피 운수運數와 명수命數는 하늘의 몫이다.

과연 '해피엔딩'은 불가능한 것일까. 철학자 니체는 '더 이상 긍지를 갖고 살 수 없을 때 당당하게 죽는 것'과 '삶에 대한 총결산이 가능한 죽음'을 권고했다. 그것은 바로 품격 있는 존엄사에 대한 예찬이다. 니체만큼은 아니더라도 '웰다잉Well-dying'에 대해서 한번쯤은 깊이 사유해볼 필요가 있다. 문득 "하늘은 우리를 편안하게 해주기

●

위해 늙음을 주었고, 우리를 편히 쉬게 하려고 죽음을 주었다"라는 장자莊子의 말이 떠오른다.

나는 인생의 정점을 지나 내리막길에 서 있다. 그 비탈길의 경사는 가파르고 숨이 차오른다. 속절없이 흘러가는 시간은 내게 종종 걸음을 재촉한다. 몸의 기능들 또한 점점 퇴화해간다. 속절없이 흘러가는 시간을 되돌려 젊음으로 회귀할 수 없다. 오늘보다 내일이 더 건강할 수도 없다. 모든 생명체는 현재보다 미래에 더 좋은 체력과 지력, 정신력을 가질 수 없다. 누구라도 노화와 함께 전에 없던 질병들이 하나둘 생겨나고 몸 전체에서 힘이 빠져나가는 느낌을 피할 수 없다. 도저히 거부할 수 없는 순리다.

이제 육신은 나를 가두는 감옥이자 마지막 안식처다. 기실 육신은 껍데기에 불과하다. 그러나 좋든 싫든 목숨이 붙어 있는 한 거기에 빌붙어 살아야 한다. 육신은 이제 죽어가는 조개껍데기와도 같다. 하지만 생명의 권리를 담보할 수 있는 건 그뿐이다. 육신이 살아 있지 않다면 제 아무리 빛나는 영혼과 정신도 무의미하기 때문이다.

사실 죽어가고 있다는 사실을 인지하는 순간부터 삶은 괴로워진다. 한편으로는 삶의 위기이면서 역설적으로 기회를 제공한다. 비록 지나온 삶이 엉망이었다 해도 남은 생에 감사함을 느끼게 된다면 의미와 가치가 있는 시간으로 얼마든지 승화시킬 수 있다. 셰익스피어도 "끝이 좋으면 모든 것이 좋다"라고 했다. 그렇듯 생의 마

●

무리는 매우 중요하다.

　무엇보다도 생을 잘 마무리하기 위해서는 평소 마음을 솔직하게 터놓을 수 있는 가까운 사람들과 죽음에 대해 허심탄회하게 이야기 해보는 것이다. 최소한 자신의 죽음을 어떻게 맞이할 것인지를 미리 말해놓는다면 적어도 남아 있는 사람들에게 갑작스러운 사별로 생기는 트라우마의 강도를 한결 줄여줄 수 있다는 생각에서다.

　친구 S의 돌연사는 내게 죽음에 대해서 다시 한번 진지하게 생각하는 기회를 제공했다. 그것은 나의 남은 생을 재무장시키는 일이기도 했다. 또한, 나 자신의 존엄한 고독사를 위한 마음 다잡기였다. 따지고 보면 그는 숨진 채로 발견되었을 뿐이고, 나는 매일 숨 쉰 채로 발견될 뿐이지 않은가.

●

코로나블루 유감

　전대미문의 코로나19 팬데믹으로 지구촌 전체가 곤욕을 치르고 있다. 우리나라도 예외 없이 방역에 진통을 겪고 있다. 온 국민이 노심초사하며 불안 속에서 하루하루를 살아가고 있다. 내게는 새로운 '루틴routine'(목적과 의지를 갖고 매일 하는 일상적 행동)이 하나 생겼다. 아침마다 확진자와 사망자의 숫자를 확인하는 일이다. 일기장에도 그 숫자를 매일매일 기록하고 있다.

　우스갯소리로 '뭉치면 죽고 흩어져야 사는 시절'이다. 특히 사회적 거리두기와 마스크 쓰기로 많은 사람이 장기간 바깥출입을 금한다. 지인들과 만남을 자제하다보니 심리적으로 위축된다. 스트레스가 쌓이게 마련이다. 상황이 이렇다보니 우울감과 무기력증이 일파만파로 번진다. 이른바 '코로나블루 증후군'이 생겨났다. 이 증상이 염려스러운 것은 옹숭깊거나 성마른 성격의 소유자를 불문하고 삶을 더욱 강퍅하게 만들고 있다는 점이다.

정신건강 관련 학회의 발표에 따르면 국민 5명 중 1명이 우울위험군에 속한다는 사례 연구가 있다. 다 같이 힘들 때는 상대적 박탈감을 덜 느끼지만, 코로나19가 안정화되면 미처 예상치 못한 문제들이 발생할 수 있다. 모두가 코로나블루 극복에 힘써야 할 때다. 실례로 단 12분이면 스트레스를 해소하고 기분이 좋아지는 방법이 있다고 한다. 그것은 바로 다른 사람의 행복을 빌어주는 것이라고 한다.

얼마 전 영국의 한 연구에서 피실험자들에게 다양한 생각을 하며 12분간 산책을 하도록 했다. 그 결과 마주친 모든 사람을 향해 마음속으로 남의 행복을 빌어준 사람들만이 행복감과 사회적 유대감의 수치가 증가했다고 한다. 결국 산책과 가벼운 운동, 남을 생각하고 배려하는 긍정적 마음이 정신적 안정감과 행복감을 가져다준 것이다. 힘들고 어려울 때일수록 서로를 위로하고 공감대를 넓혀야 하는 이유다.

평소 공기와 물의 소중함을 잊고 살다가 대기가 미세먼지로 가득 차 숨쉬기가 곤란해지고, 물이 오염되어 마실 수 없을 때 비로소 그 소중함을 절절히 깨닫는다. 이처럼 우리는 지금 팬데믹 이전의 평범했던 일상의 소중함을 뼈저리게 체험하는 중이다. 매우 역설적이지만 평소에 그 중요성과 필요성에 대한 인식이 적은 것일수록 그것을 잃어버렸을 때의 고통과 슬픔은 엄청나게 크게 느껴진다는 사실이다.

우리 모두 아르고스(그리스신화에서 온몸에 무수한 눈을 가지고 있는 괴물)처럼 주위를 경계하며 살아야 한다. 팬데믹이 모든 이슈를 덮어버리고 인간의 기본적 활동 자체를 억압하고 있다. 더욱 염려스러운 점은 눈에 보이지 않는 적과 싸워야 하는 인간에게 미지의 공포심을 유발하는 것이다. 중세 유럽을 참혹한 절망으로 몰아넣었던 페스트의 공포가 그랬고, 20세기 초의 스페인독감이 그랬던 것처럼 말이다. 이렇듯 인류 역사에서 위기는 상존해왔다. 하지만 그때마다 잘 극복해낸 관성을 나는 믿는다.

첨단 문명의 21세기에 벌어지고 있는 이 참상은 인간의 무기력한 모습과 민낯을 여과없이 보여주고 있다. 동시에 생명의 유한성을 신랄하게 깨우쳐주고 있다. 게다가 단기간 내에 코로나19 백신을 접종하고 집단면역력을 갖춘다고 하더라도 풍토병이 될 가능성이 매우 크다는 전망이 나왔다. 마치 독감 바이러스처럼 우리와 영원히 함께 살아야 할 거라는 전문가들의 예측이 미래를 암울하게 한다. 그야말로 앞날이 혼혼민민昏昏悶悶하다.

지금과 같이 인간의 탐욕과 이기심이 지속해서 자연 생태계를 파괴하는 한, 연이어 변종 바이러스들이 출몰할 것은 불 보듯 뻔한 일이다. 바이러스의 감염 여부를 파악하는 검사를 따로 하지 않는 한, 의사들도 모르고 넘어갈 미증유未曾有의 변종 바이러스들로 인해서 발생하는 질병들이 한둘이 아닐 것이다. 따라서 이와 같은 역병들을 잘 관리하며 함께 살아가는 수밖에 달리 방도가 없다. 그런 차원에서 과도한 불안감과 공포심을 갖는 것도 문제지만, 방역에 대한 대비를 소홀히하는 것은 더욱더 경계해야 한다.

일상으로의 회복이 시급하고 절박한 상황이다. 모든 학교와 직장, 자영업자를 포함한 소상공인들이 그렇다. 하루 빨리 마스크를 훌훌 벗어버리고 언제 어디서든 사람들을 자유롭게 만나야 한다. 즐겁게 밥 먹고 술 마시고 서로의 얼굴에 침 튀겨가며 맘껏 수다를 떨고 싶은 마음은 너나없이 마찬가지일 것이다. 그러려면 우리 모두 개인 방역에 힘써야 한다. 각자도생各自圖生하는 수밖에 없다.

알베르 카뮈의 스승이었던 장 그르니에는 산문집『지중해의 영감』에서 "살다보면 우리는 어쩔 수 없이 최상도 최악도 모두 참아내야 한다. 일상의 생활을 눌러 짜보라. 그러면 거기서 시가, 시작 없는 날들이, 끝이 없는 밤들이, 서정적인 삶이, 어둠과 한 데 섞인 빛이 뿜어 나올 것이다"라고 설파했다. 분명 지금과 같은 절체절명의 위기 속에서도 기회는 찾아온다. 나는 감히 예견한다. 새로운 희망과 도전은 인류 역사 발전의 추동력으로써 인간들을 한 단계씩 더 성숙시킬 것이다.

어리석게도 인간은 치명적인 상황을 맞이해야만 일상에서 쉬이 지나쳤던 것들의 소중함을 비로소 인정한다. 그 점이 못내 아쉽다. 한편에선 성급하게 포스트코로나 시대를 이야기한다. 과연 어느 누가 지금의 환란이 불시에 닥쳐올지도 모를 인류 종말의 전조증상이 아니라고 장담할 수 있겠는가. 코로나 팬데믹은 하늘이 인간에게 최후의 순간을 미리 대비하라고 보내는 마지막 경고이자 반전의 기회일 수 있다.

지금도 출현할 날짜만을 손꼽아 기다리고 있는 신종 바이러스들이 이 푸른 지구별에 어두운 그림자를 길게 드리우고 있다. 언제라도 그놈들은 탐욕스러운 인간들에게 복수하듯 동티를 내며 한순간에 우리 모두를 청맹과니로 만들어버릴지 모른다. 절대로 간과해서 안 될 점은 이럴 때일수록 서로를 위로하고 격려하며 공감과 연대의 폭을 넓히는 일이 필요하다.

우리의 막연한 두려움이 전염병 퍼지듯이 지구 전체를 감염시킨다면 미처 예상치 못한 더 안 좋은 일이 발생할지도 모른다. 어느 때보다도 진정한 인류애의 연대와 집단 지성을 발휘할 때다. 특히 우리 민족은 오랜 수난의 역사를 통해서 면면히 이어져온 위기극복 유전자를 태생적으로 지니고 있다. 그래서 나는 이번 환란도 거뜬히 이겨낼 것으로 믿어 의심치 않는다. 분명 우리에게는 더 좋은 날이 오리라. 아그네스 발차의 노래처럼.

그들이 사는 세상

최근 모 여자 연예인이 서울 강남의 청담동 최고급 빌라를 130억 원에 분양받아 화제다. 토지거래허가구역으로 지정된 곳에 주택을 구매하는 만큼 전액 현금 납부가 예상된다고 해서 관심이 더욱 뜨거웠다. 해당 빌라는 스페인 유명 건축가가 설계한 것으로 한강 변에 인접한 만큼 탁 트인 조망권이 압권이라고 한다. 그런 이유로 가장 작은 60평형도 120억 원에 이른다. 복층 구조의 펜트하우스는 300억 원에 달한다고 한다. 정말로 입이 딱 벌어질 지경이다.

누리꾼들은 해당 빌라의 인테리어 사진을 공유하며 "아ㅇ유 130억 집 현찰로 샀다더라. 완전 '그사세'(그들이 사는 세상)다. 부럽다", "전 재산이 130억도 아니고 집값만 130억", "연예인들은 돈을 얼마나 버는지 상상이 안 가네", "이런 뉴스를 볼 때마다 '현타'(현실 자각 타임) 오고 이렇게 아등바등 살아야 하나 싶네" 등등의 댓글로 뜨거운 반응을 보였다.

●

해당 연예인은 자신이 피땀 흘러 번 돈으로 정당하게 빌라를 구매한 것이다. 대중들이 감 놔라 배 놔라 시비를 걸 이유도 없다. 그래서도 안 된다. 다만 이런 기사를 접할 때마다 으레 머릿속에 떠오르는 '상대적 빈곤', '상대적 박탈감', '소득 불평등', '사회적 양극화현상'이니 하는 경제학적 레토릭들이 마음에 사무치게 와닿는 건 왜일까? 솔직히 이런 것이 자본주의가 추구하는 궁극의 경지라면 나는 기꺼이 포기하고 싶다.

문득 한 누리꾼의 말대로 과연 유명 연예인들이 얼마나 많은 돈을 버는지와 소득에 합당한 만큼의 세금을 내고 있는지도 궁금해진다. 아울러 내가 처한 현재 상황을 통렬히(?) 깨닫게 되는 '현타'와 마주하게 되어 입맛이 쓰다. 여태껏 살면서 13억은 고사하고 천만 원이란 돈을 벌어보지도 만져보지도 못한 나다. 그러니 130억 원이란 돈은 그저 안드로메다쯤의 먼 이야기로 느껴질 뿐이다. 물론 연예인 사이에서도 '빈익빈 부익부'의 양극화가 존재하는 건 부인할 수 없다.

역사학자 유발 하라리는 세계적 베스트셀러인 『사피엔스』에서 "1789년 프랑스 시민혁명 이후의 모든 정치사는 자유와 평등이라는 상호 모순적 가치를 화해시키려는 일련의 시도로 볼 수 있다. 왜냐하면, 진정한 평등을 보장하려면 형편이 더 나은 사람의 자유를 제한해야 하는 것밖에 방법이 없다. 개인의 완전한 자유를 보장하는 순간, 평등은 개인적 능력 차이에 따라 일시에 무너져버리기 때문

●

이다. 바로 오늘날의 세계는 이런 자유와 평등을 조화시키는 데 어려움을 겪음으로써 수많은 사회문제를 일으키고 있다"라고 진단한 바 있다. 그의 탁월한 통찰에 전적으로 공감한다.

이와 맞물려 지난 2천 년간을 통틀어 인류가 발명해낸 가장 성공적인 정치 경제 제도라는 민주주의와 자본주의에 대해서도 다시금 생각하게 된다. 애덤 스미스의 『국부론』의 등장과 함께 18세기부터 본격적으로 두 제도가 일종의 종교처럼 확고한 지배구조로 자리를 잡았다. 다만 그 폐해가 날로 심각해지고 있음을 본다. 가진 자들은 더 가지려 안달한다. 있는 자들은 대를 물려가며 지키기 위해서 더 강력한 보호막을 친다. 한발 더 나아가 주변의 사다리들을 걷어차는 데도 혈안이 되어 있다.

금수저니, 흙수저니 하며 출생부터 신분과 계층이 갈리는 사회에서 개천에서 용이 나길 바라는 것은 무망한 일이 되었다. 유사이래 사람들은 '모두가 같은 인간'이라고 부단히 목청을 높이고 있다. 불행하게도 '왕후장상王侯將相의 씨'는 분명 따로 있다. 다만 시대를 불문하고 빈곤하고 핍박받는 사람들일수록 위안으로 삼는 것이 하나 있다. 적어도 죽음만큼은 누구에게나 공평하게 찾아온다는 확신이다.

어찌 됐든 우리 사회는 이전보다 확연히 더 풍요롭고 좋아졌다. 조금씩 더 나아져가고 있는 게 눈에 보인다. 가난이 무엇인지를 뼈저리게 느낀 세대의 한 사람으로서 지금의 풍요는 기적처럼 다가온다. 이것이 그나마 기댈 수 있는 실낱같은 희망이라면 희망이다.

올더스 헉슬리의 디스토피아 소설 『멋진 신세계』에서 미래의 사람들은 '소마soma'라는 합성 마약을 먹고 행복에 취한다. 어떤 부작용도 없으며 인위적으로 행복을 만들어주는 약이다. 그것은 일상에서 겪는 감정적 고통이나 우울감, 불편함 등을 없애고 쾌락과 행복으로 이끌어준다. 더 중요한 것은 강제가 아니고 사람들이 스스로 복용한다는 점이다. 소마는 인간의 자유의지를 상징하는 것으로 행복해질 자유가 있다면, 불행해질 자유도 있음을 대변한다. '멋진 신세계 사람들'은 소마를 복용함으로써 불행에서 멀어지는 자유를 선택한다.

삶이 고단한 사회일수록 마약에 빠져들기 쉽다. 중독자들조차도 그 느낌이 결코 영원히 지속하지 않는다는 것을 안다. 그러면서도 순간적으로 괴로운 현실을 잊어버리려고 한다. 쾌락의 세계로 침잠하는 이유는 간단하다. 점과 점이 이어져 선을 이루듯 찰나와 순간이 계속 이어지면 영원이 되기 때문이다.

그러나 현실에서 우리가 취할 수 있는 소마는 없다. 오로지 자유의지로 고난과 시련을 극복해야 한다. 그 열매를 보장받는다는 확신도 점점 옅어지고 있다. 우리가 모두 바라고 꿈꾸는 공정과 정의, 진정한 평화는 사전적 명제로만 관념화되는 것 같아서 심히 유감스럽다.

자본주의 사회에서 능력껏 돈을 벌고 마음껏 소비하는 것은 개인

●

에게 주어진 불가침의 자유다. 하지만 사회통념과 일반 상식을 초월하는 부의 편중과 쏠림현상은 반드시 개선되어야 한다. 또한, 소수의 특정 연예인들이 누리는 몸값이 과연 합당한 것인지도 의문이 든다. 그들이 지나가는 바람과 같은 명성으로 단기간에 얻는 천문학적 소득에 대해서 언제까지 부러운 시선으로 바라볼 수만은 없지 않은가.

아마 내일 아침에 지구가 멸망해도 돈을 향한 인간의 탐욕은 멈추지 않을 것이다. 우주의 수많은 별 또한 여느 때와 다름없이 궤도를 따라 정상 운행할 것이다. 나 하나쯤 죽고 사는 게 무슨 대수일까. 다만 삶이 지루하고 재미가 없고, 부정의와 불공평이 사무치게 느껴질 때마다 혁명을 꿈꾼다. 기실 그 혁명이란 것은 예측이 불가능한 것이다. 그렇다고 예상 가능한 혁명이 발생하지 말란 법도 없지 않은가. 메시아의 출현까지는 아니더라도 새로운 변화와 혁명이 요구되는 시대임은 분명하다.

●

만추의 외유外遊

10월이 끝나갈 무렵이었다. 시인 C 내외가 나의 누거陋居를 찾아왔다. 오랜만에 속리산 법주사에 가보자는 거였다. 아내도 흔쾌히 함께 길을 나섰다. 집에서 승용차로 불과 한 시간 거리인 데다 콧바람을 쐬기에도 딱 좋은 날씨였다.

그의 차에 넷이 함께 몸을 실었다. 오후 1시쯤 집을 떠나 상당산성 고갯길을 넘어 512번 지방도로와 국도 19번과 국도 37번을 차례로 거쳐 보은군 속리산면에 이르는 길이다. 드라이브 코스로도 제격이다. 가을걷이가 끝난 텅 빈 들판은 알 수 없는 충만감으로 가득했다.

가는 길에 C와 나는 오래 전 학창시절부터 쌓인 추억들을 소환해내느라 서로 열을 올렸다. 웃음소리 또한 끊이질 않았다. 뒷좌석에서 이를 지켜보던 아내가 한마디 거들었다.

"남자들은 나이가 들면 양기가 죄다 입으로 모여 수다스러워진다

●

더니 정말로 그런가봐요."

기다렸다는 듯이 C의 아내도 맞장구를 쳤다. 순간적으로 머쓱해진 나는 호르몬 탓이라고 변명 아닌 변명을 했다. 동시에 분위기를 바꿔볼 심산으로 신라 때 고운孤雲 최치원이 헌강왕 12년(서기 886년) 속리산 묘덕암에 와서 경치를 보고 지었다는 시 한 수를 읊었다.

　도불원인 인원도道不遠人 人遠道(도는 사람을 멀리하지 않는데 사람이 도를 멀리하려 하고),
　산비리속 속리산山非離俗 俗離山(산은 속세를 떠나지 않는데 속세가 산을 떠나려고 한다).

사실 고운은 『중용中庸』 제13장에 나온 '도불원인 인지위도이원인불가이위도, 시운 벌가벌가 기측불원 집가이벌가 예이시지 유이위원道不遠人 人之爲道而遠人 不可以爲道. 詩云 伐柯伐柯 其則不遠 執柯以伐柯 睨而視之 猶以爲遠'이란 구절에서 차용해 시를 지은 것이다. 즉 "공자께서 이르시길, 도는 사람으로부터 멀리 있지 않다. 도를 한다면서 사람으로부터 멀리 있으면 도를 한다고 할 수 없다. 『시경詩經』에서 말하기를 도낏자루를 벰이여, 도낏자루를 벰이여 그 법칙은 멀리 있지 않다. 도낏자루를 잡고 도낏자루를 베니, 그것을 힐끗 보기만 해도 알 수 있는데 (그 법칙이) 멀리 있다고 하네"라는 해설을 곁들였다. 그러자 분위기가 금세 반전됐다.

●

마침내 법주사에 도착했다. 개활지에 전각들이 널찍하게 자리들을 잡은 터라 전체적으로 눈맛이 시원하다. 마치 '옴마니밧메훔!'(산스크리스트어로 연꽃 위에 보석 같은 분이시어라는 뜻)이란 만트라처럼 절정으로 치닫는 속리산의 단풍이 웅장한 절집들을 공중에 살짝 떠받치고 있는 듯했다. 여느 사찰과는 달리 휠체어를 타고 자유롭게 경내 관람을 하기에도 아주 좋은 곳이다.

우리 일행은 내친 김에 사찰 옆으로 난 일명 '세조길'을 걸어보기로 의기투합했다. 다행히 포장도로였다. 그러나 수동 휠체어로 경사면을 오르기에는 그리 녹록지 않은 길이었다. 그런데도 C는 문장대로 오르는 길 중턱까지 한 시간여를 나의 휠체어를 밀어주었다. 마치 그리스신화 속 시시포스가 바위를 굴려올리듯. 마음 같아선 주지 스님을 찾아가 단기 출가라도 청해보고 싶었다. 하지만 그것 또한 부질없는 탐욕이 아니겠는가.

우리는 쉼터에서 차 한 잔씩을 마시며 잠시 땀을 식혔다. 이후 주차장까지 다시 내려오는 길은 내리막길이라 한결 수월했다. 계곡의 나무들은 겨울에 대한 조바심으로 서둘러 단풍을 떨군 듯했다. 그 횅한 공간들을 청량한 물소리가 대신 채워주고 있었다. 나는 마주치는 사람들의 시선에 아랑곳하지 않고 길을 재촉했다. 다만 내 발로 직접 걸을 수 없다는 생각에 잠시 코끝이 시큰거렸다.

법주사 오리五里 숲길을 빠져나오는 순간, 불현듯 생각이 떠올랐다. 본래 도道와 진리는 지극히 단순한 것이나 궁극에 이르는 그 과

●

정이 지난할 뿐이라고. 일주문一柱門을 나서며 서쪽 하늘을 쳐다보니 석양이 물들고 있었다. 우리는 가까운 식당을 찾아가 산채비빔밥과 도토리묵무침을 곁들여 이른 저녁 식사를 했다. 조금 전 진지했던 영혼이 산문山門을 나서자마자, 원초적 본능 앞에서 와르르 무너졌다. 이 축생畜生의 업장은 구제 불능이다. 불佛과 속俗의 경계가 겨우 문 하나의 차이라니…. 내 삶은 얼마나 가벼운 것인가. 무심히 낙하하는 단풍잎 하나에도 부끄러움이 느껴졌다.

잠시지만 이렇게 나의 밖으로 떠나는 길은 새로운 삶의 활력소를 찾고 윤활제가 되어서 좋다. 그래서 여행은 누구나 소망하는 로망이 아닌가 싶다. 여행이건 순례이건 무엇인가를 크게 깨닫지 못한다 하더라도 절대 슬퍼할 일은 아니다. 깨달음이란 지난한 자기희생과 고행 뒤에 얻어지는 열매다. 설사 아무런 소득도 없는 주마간산 격의 시답잖은 관광이라 할지라도 낯선 사람과 풍경을 만나는 것은 삶의 신선한 자극제가 된다. 이것이 바로 내가 끊임없이 새로운 여행을 꿈꾸는 이유다.

어째서 석가모니는 6년간 히말라야 설산 고행을 통해 깨달음에 이르렀고, 공자는 왜 14년 동안이나 주유천하周遊天下를 했던가. 또 예수는 왜 광야에서 40일간 단식하며 사탄들과 싸워야 했고, 마호메트는 명상과 기도 중에 어떻게 대천사 가브리엘의 계시를 들을 수 있었던가.

속리산 줄기를 벗어나 청주로 돌아오는 길이었다. 차창으로 스쳐

지나가는 바람 속에서 제철 맞은 달콤한 대추 냄새가 풍겨왔다. 보은대추가 유명하다는 걸 진즉에 알고 있었다는 C가 갑자기 길가 대추농장 앞에 차를 멈춰 세웠다. 그러고는 나의 거듭된 만류에도 불구하고 선물용 대추상자 두 개를 사들고 나와 아내에게 하나를 건네줬다. 산마다 타오르는 단풍이 저녁놀과 어우러져 오색 빛으로 더욱더 눈이 부셨다.

달리는 차 속에서 나는 C에게 다음 번엔 오대산 월정사에 가보자는 제안을 했다. 별안간 몇 해 전 그곳 초입 전나무길에서 상원사까지 10㎞의 아스팔트 포장을 걷어내고 예전 흙길을 복원했다는 기사가 생각나서였다. 그는 흔쾌히 동의했다. 머릿속으로 그날의 모습을 그려보는 순간, 마음은 '가릉빈가迦陵頻伽'(불경에 나오는 사람 머리에 새의 몸을 한 상상의 새)처럼 훨훨 날아올랐다. 집에 도착하니 마당은 벌써 어둑어둑해지고 있었다.

●

랜선 여행

독서와 글쓰기로 소일한 지 오래다. 대부분의 시간을 누워서 지내는 처지이다보니 혼자 할 수 있는 일이 그뿐이다. 다행히 침대 왼편의 통유리창은 바깥세상을 보여주는 유일한 스크린이다. 멍때리기에는 최적이다. 늘 여행을 꿈꾸지만 이루기 어려운 꿈이다. 작은 위안이랄까. 독서와 글쓰기는 상상여행을 도와주는 훌륭한 가이드다. 지구촌 여행은 물론 우주여행도 가능하다.

근래에는 새로운 취미가 하나 생겼다. 바로 랜선 여행이다. 코로나 팬데믹 사태를 맞아 평소 꿈꾸던 유럽여행을 유튜브 영상을 통해 시작하게 된 것이다. 꿩 대신 닭이라고, 일종의 대리만족이다. 가장 먼저 서양문명의 발상지인 그리스의 아테네를 시작으로 이탈리아 로마, 나폴리와 폼페이, 피렌체, 베네치아, 밀라노 등을 집중적으로 살펴보았다. 그 다음은 스페인과 프랑스, 터키의 주요 유적지를 두루두루 섭렵하는 중이다.

●

사람들은 너나없이 2년여째 이어지는 사회적 거리두기로 갑갑증과 우울감을 토로한다. 세계 각국에서 백신이 접종되고 있음에도 기대와 달리 4차 유행과 확산이 이어지고 있기 때문이다. 더욱이 세계보건기구WHO의 전망과 전문가마다 내놓는 예측도 다양해 언제쯤 일상으로의 회복이 이루어질지 현재로선 미지수다. 그러다보니 사람들은 여행에 대한 갈증을 더 느낄 수밖에 없다. 용수철을 누르면 누를수록 탄성이 커지듯 운신의 부자유는 외부로 향한 열망을 날이 갈수록 점점 더 키운다.

현실은 답답하다. 국내여행도 원활하지 않을 뿐더러 해외여행은 말할 것도 없다. 하늘길이 거의 막혀 있다시피 한다. 이럴 때 유튜브를 통해서 세계 곳곳을 눈으로 즐길 수 있는 새로운 여행 방식이 바로 랜선 여행이다. 더불어 숨어 있던 여행 가이드 계의 고수들이 등장했다. 참으로 신기할 정도다. 그들은 마치 무림강호의 고수들처럼 연일 유명 관광지들을 종횡무진한다.

우리나라 관광객의 발길이 뚝 끊긴 상황에서 생계를 위한 고육지책이다. 그러다보니 저마다 현지에 대한 해박한 정보와 지식으로 무장되어 있다. 남들보다 뛰어난 언변과 재미난 설명을 곁들이지 않으면 시청자들은 금세 다른 채널로 넘어가버린다. 그러니 다들 사활을 걸고 직접 다리품을 팔아가며 구석구석을 제 동네처럼 누비며 열정적으로 안내한다. 기실 그들은 코로나19 이전부터 유럽 각지에 거주하며 우리나라 관광객들을 상대로 현지 가이드를 하던 실력자들이다. 한데 이제는 저마다 직접 손에 스마트폰을 들고 눈높이로 실시간 라방(라이브 방송)을 진행하고 있다.

랜선 여행은 사람들의 자발적 고립이 빚어낸 즐거운 놀이다. 평소 유럽여행을 버킷리스트에 두고 있던 나로선 뜻밖의 횡재를 만난 셈이다. 제 아무리 사전에 여행정보 학습과 도상훈련을 잘한다 하더라도 현지에서 실시간으로 보여주는 가이드들의 친절한 안내와 자세한 설명을 따를 수 없다는 걸 이번 기회를 통해서 피부로 체감하고 있다. 이 신명나는 공짜여행에 나도 경제적 여유가 있다면 남들처럼 실시간 채팅을 통해 슈퍼챗을 펑펑 쏴주고 싶다. 이처럼 랜선 여행은 내게 또 다른 삶의 희열을 제공하고 있다. 코로나블루의 위대한(?) 역설이 아닐 수 없다.

랜선 여행의 장점은 길을 걸어가는 가이드의 스마트폰 카메라의 눈높이에 맞춰 실시간으로 현지 거리의 건물과 풍경을 속속들이 바라볼 수 있다는 것이다. 덤으로 눈요기 맛집 투어도 할 수 있다. 이전에는 절대로 누릴 수 없었던 공짜여행의 즐거움이다. 이런 기회를 내 어찌 포기한단 말인가. 요즈음 나와 아내는 랜선 여행에 푹 빠져 산다.

이것은 나처럼 운신이 자유롭지 못한 장애인들에게는 매우 특별한 선물이다. 또한, 실감나는 대리만족 관광이다. 반면에 가이드 입장에선 생계가 걸린 일이다. 그들의 수입은 실시간 채팅으로 입장한 사람들의 후원금에 따라서 대박과 쪽박으로 갈린다. 그날 가이드의 능력과 입장객들의 기분에 따라서 수입이 결정된다. 유독 입장객과 후원금이 뜸한 때는 괜스레 미안하고 얼굴이 화끈거린다.

랜선 여행은 비대면의 한계가 있다. 제 발로 직접 걸어다니며 온몸으로 느끼는 오감여행에 비교할 바가 못 된다. 직접 현지의 공기를 들이마시며 낯설고 새로운 문물을 보고 듣고 느끼며 그 속에 동화될 때 진정한 여행의 참맛을 느낄 수 있기 때문이다. 그러므로 여행은 미지의 세계로 향한 대문이며 서서 즐기는 독서다.

작가 알랭 드 보통은 『여행의 기술』에서 "시종 나를 사로잡은 욕망은 떠나는 것이었다. 보들레르처럼 '어디로라도! 어디로라도! 이 세상 바깥이기만 하다면!'"이라고 역설한다. 항상 같은 곳에만 머물러 있다면 내가 원하는 곳에 결코 도달할 수 없다. 도전을 즐기는 자만이 새로운 길을 연다. 그 안에서 생의 기쁨과 의미를 깨달을 수 있다.

만일 내게 다음 생이 있다면 이 지구를 순례자처럼 걸어보고 싶다. 설사 길 위에서 생이 끝날지라도. 인생은 거친 바다를 항해하는 배와 같다. 거친 파도는 훌륭한 뱃사공을 만든다. 별빛은 어둠 속을 인도하는 나침반이다. 두 다리 튼튼하고 여행할 수 있을 때 실컷 하자. 죽을 때 그나마 덜 후회하는 삶이 될 수 있을 것 같아서다.

여행은 인간의 정서는 물론 무의식과 본성 일부를 지배한다. 그 연장선상에서의 랜선 여행은 분명한 삶의 활력소가 되고 있다. 이렇게라도 평소 가고 싶던 나라들을 하나씩 섭렵하다보면, 지구 한 바퀴를 도는 일도 가능할 거 같다. 그날을 위해 랜선 여행을 계속해서 즐길 참이다.

일찍이 성 아우구스티누스가 말했다.

"우리는 하느님의 도시에 들어갈 수 있을 때까지 땅의 도시를 헤매는 순례자들이다"라고.

새벽녘, 아내와 함께 순백의 터번을 머리에 두르고 낙타 등에 올라타 캐러밴처럼 유럽대륙을 횡단하는 꿈을 꾸었다. 거듭된 랜선 여행의 부작용인지도 모른다. 오늘 밤에도 여행자의 수호성인守護聖人 크리스토퍼의 별이 바람에 스치리라. 자, 이제 또 다음에 떠날 새로운 여행지를 찾아보자. 그깟 코로나19 바이러스 때문에 생의 아름다운 여정을 이대로 멈출 수는 없지 않은가.

이제 다음 여행지인 스페인 산티아고를 향해 떠나보자!

에어컨 유감

삼복三伏 중이라지만 찜통더위가 연일 기승을 부린다. 아침부터 열돔 현상으로 푹푹 찌는 열기가 무시로 엄습한다. 자연스레 몸과 마음이 지쳐간다. 그래도 이 같은 무더위와 높은 불쾌지수를 한방에 날려버릴 비장의 무기가 있다. 바로 에어컨이다. 요즘 그 덕을 톡톡히 보고 있다.

난생처음으로 우리 집에 에어컨이 들어온 지는 불과 3년밖에 안된다. 그 사연 또한 간단하지가 않다. 서울에 사는 초등학교 동창생 L이 선물로 보내준 것이다. 지금 이 시각, 거실 한쪽 구석에서 한낮의 무더위로부터 나를 지켜주는 냉장군의 위용은 가히 늠연하다.

선친께서 타계한 이듬해 초여름이었다. 아침부터 전화벨이 요란스레 울렸다. L이었다. 그녀는 다짜고짜 오늘 중으로 에어컨 기사가 방문할 거라고 했다. 영문을 몰라 그녀에게 따지듯 이유를 물었다. 돌아온 대답이 나를 더욱 머쓱하게 했다. 매년 여름마다 내가

●

선풍기를 껴안고 산다는 소리에 마음이 걸렸다고 한다. 그래서 에어컨을 보내니 괜한 고생 사서 하지 말라는 거였다. 바꿔 말하면 청승 좀 그만 떨라는 뜻이었다.

평소 그녀의 우리 부부에 관한 관심과 지원은 남다르다 못해 극성스러울 정도다. 호의가 부담스럽고 편집적으로 느껴져 몇 차례 화를 낸 적도 있었다. 그럴 때마다 그녀의 대답은 한결같았다. 자신이 조금 더 가진 것을 친구에게 나눠주는 것뿐이라며 너스레를 떨었다. 그뿐만이 아니다. 우리 집을 방문할 때마다 밑반찬을 바리바리 싸온다. 또한, 철마다 시골에서 농사를 짓는 동창들의 작물을 구매해 택배로 보내는 것도 거르지 않는다. 나와 아내는 사양을 거듭하다 이젠 지쳐서 그냥 받아들이기로 했다. 어찌 됐든 그녀 덕분에 3년째 여름을 시원한 에어컨 바람을 쐬며 지낸다. 고마운 마음이야 두말할 것도 없다.

정작 부모님 살아생전에는 꿈도 못 꿔본 일이다. 그런 연유로 에어컨을 작동시킬 때마다 부모님 생각에 홀로 울컥거린다. 나만 혼자 뒤늦게 호사를 누리는 것 같아서 속이 영 편치 않은 것이다. 만일 양친 살아 계실 때 과감히 에어컨을 놓았더라면 당신들도 삼복더위를 시원하게 보낼 수 있었을 텐데 말이다. 후회막급이다. 실상은 나의 폐 기능 약화로 인해 상습적으로 발병하는 만성기관지염과 폐렴 걱정에 지레 겁을 먹고 엄두를 못 냈던 탓이다. 결국은 나 때문이었다. 한데 3년째 에어컨을 사용해보니 그건 기우였다. 진즉에 에어컨을 들여놓지 못한 게 두고두고 후회된다.

문득 오래 전 기억이 하나 떠오른다. 그때는 냉장고 있는 집이 드물었다. 그래서 여름철마다 동네 얼음집은 문전성시를 이뤘다. 여름날 우연히 얼음집 앞을 지나다보면 주인은 공장에서 방금 배달된 커다란 얼음덩이를 쇠톱을 이용해 됫박 모양 크기로 일정하게 잘랐다. 그러고 손님이 원하는 만큼의 얼음덩이를 가게 안쪽 빙고氷庫에서 꺼내주었다. 주인은 갈 때마다 500원짜리 얼음 한 덩이를 새끼줄로 꽁꽁 묶어 건네주곤 했다.

가끔 집에 손님이 온다거나 좋은 일이 있을 때 나와 동생들은 얼음을 사러갔다. 여느 심부름들은 꾀를 피우며 미루기 일쑤였지만, 얼음 심부름만큼은 서로 가겠노라 다툼을 벌일 지경이었다. 심부름하는 동안 차갑고 시원한 얼음을 독점할 기회였기 때문이다. 행여나 집으로 오는 동안에 얼음이 녹을까 전전긍긍하면서도 나부터도 행인이 없을 때는 슬쩍 얼음덩이를 혀로 핥거나 양손과 얼굴에 문지르며 최대한 그 시원함을 만끽했다. 그렇게 사온 얼음은 대바늘과 망치로 잘게 부서져 수박화채나 분말 주스를 타 먹을 때 요긴하게 쓰였다. 그렇게 얼음 한 덩이로 가족이 둘러앉아 깔깔거리며 웃음꽃을 피우던 그 시절이 눈물겹게 그립다. 가난했지만, 행복한 시절이었다.

형편이 좀 나아진 다음에는 아이스박스에 얼음덩이와 과일과 음료수를 함께 쟁여놓고 먹었다. 그로부터 세월이 흘러 내가 군에서 전역하며 장교 전용 쿠폰을 이용해 우리 집에 처음으로 대ㅇ냉장고와 인ㅇ오디오를 들여놓았다. 그날 만면에 미소를 띠며 좋아하시던 어머님의 모습이 지금도 생생하다.

가뜩이나 이번 주 '강릉 청학헌의 부자유친'이란 부제가 달린 KBS 1TV의 〈인간극장〉을 보며 아침마다 눈물바람이었다. 거기 나온 나와 동갑내기 막내아들은 하던 사업도 접고 가족을 떠나와 홀로 고택을 지키던 백수白壽의 부친을 5년째 봉양하는 중이었다. 아침마다 돌솥밥을 지어 아버지에게 한 술이라도 더 뜨게 하려는 아들의 지극한 효성이 눈물겨웠다. 또한, 섭식장애로 기운이 쇠락해 더는 식사와 병원 입원을 극구 사양하는 노인의 모습을 보며 내내 가슴이 먹먹하고 코끝이 시큰거렸다.

볕이 좋은 봄날, 마지막으로 대청마루 안락의자에 앉아 아들이 손수 내려준 커피 한 잔을 맛있게 드시는 노인의 모습은 너무나 애잔했다. 그렇게 바깥풍경을 본 노인은 며칠 후 가족들이 지켜보는 가운데 조용히 임종을 맞았다. 그야말로 천수를 누리고 고종명考終命을 다한 셈이다.

한데 왜 나의 부모님은 그렇게들 허망하게 떠나셔야만 했는지 생각할수록 죄스럽고 억장이 무너져내린다. 씻을 수 없는 불효는 두고두고 가슴에 회한을 남긴다. 하나 인제 와서 후회한들 무슨 소용이랴. 지금이라도 고인들께서 시원한 그늘에서 편히 쉬시길 바랄 수밖에.

●

오늘도 폭염경보가 내려 오전부터 뜨거운 열기가 거실로 훅훅 밀려든다. 선풍기로는 견딜 재간이 없다. 결국, 모든 문을 꼭꼭 처닫고 에어컨을 틀었다. 나중에 전기요금 폭탄을 맞아 '삼수갑산三水甲山'(함경남도 북서쪽의 삼수와 동북쪽의 갑산, 두 오지를 합쳐 부르는 말로 조선시대 귀양지의 하나)을 가더라도 사람이 살고봐야 할 게 아닌가.

아이러니하게도 사람이 할 수 있는 게 아무것도 없으면 하찮게 생각하던 일에도 집착하게 된다. 지금으로선 저 햇볕 뜨겁고 환한 거리를 다리가 아프도록 걸어보고 싶다. 이 무슨 뜬금없는 공상인가. 고백하건대, 작열하는 태양 아래서 그렇게라도 나 자신을 단죄하고 싶은 것이다.

시간은 속절없이 흘러가고 계절은 어김없이 바뀔 것이다. 의심의 여지없이 삼복더위 또한 자연의 순리 앞에서 그 예봉이 꺾이리라. 기실 잠깐의 고행에 불과한 더위 하나를 못 참고 호들갑을 떠는 꼴이라니…. 나란 존재가 새털보다도 가볍게 느껴지는 참담함을 매일매일 확인하는 중이다. 이 시간, 바깥 온도계는 영상 38도를 가리킨다. 나는 시원한 에어컨 바람 앞에서도 한없이 식은땀을 흘리고 있다.

●

와유락 臥遊樂

32년째 누워서 즐겁게 놀고 있다. 혹자는 내가 노는 장소가 침대라고 하면 자칫 오해할 수 있다. 분명히 말하지만, 나의 유희遊戲는 독서와 글쓰기다. 이것은 나의 낙樂이자 업業이다. 전혀 의도하지 않았던 일이다.

인생이 어디 뜻대로 되던가. 어디까지나 궁여지책이자 고육지책으로 생겨난 거룩한(?) 유희다. 전신을 옴짝달싹 못하는 상황에서 찾아낸 면피용 호구책이다. 그렇다고 해서 생계까지 해결한다는 뜻은 절대 아니다.

나로선 즐거움과 괴로움이라는 양면성을 가진 놀이다. 현실적으로 밥벌이를 못하고 있어서 더욱 그렇다. 문재文才가 부족한 나의 무능 탓이다. 무명시인의 궁색한 변명이라면 할 말이 없다.

와유臥遊란 말 그대로 누워서 유람한다는 뜻이다. 집에서 명승이나 고적을 그린 그림을 보며 즐기는 것을 말한다. 다시 말해서 와유는

141

나이와 육체의 한계를 초월하는 정신적 해방이다. 절대로 볼 수 없는 풍경이나 찾아갈 수 없는 아름다운 곳도 다른 사람의 글이나 그림을 통해 직접 본 것과 같은 완상玩賞을 경험할 수 있으니 말이다.

이것은 인간의 본질을 유희라는 점에서 파악한 네덜란드의 역사가이자 철학자였던 요한 하위징아의 '호모 루덴스Homo Ludens'라는 개념과도 일맥상통한다. 즉, 유희라는 말은 단순히 '노는 인간' 또는 '놀이하는 인간'을 뜻하는 게 아니다. 정신적인 창조활동을 가리킨다. 풍부한 상상의 세계에서 다양한 창조활동을 전개하는 학문, 예술 등 인간의 전체적인 발전에 이바지한다고 보는 모든 것을 의미하기 때문이다.

내게 있어 독서가 누워서 하는 여행이라면, 글쓰기는 무형의 공간에 창조의 집을 짓는 일이다. 독서가 '미지의 세계로 시야를 확장해 간접체험을 하는 것'이라면, 글쓰기는 '내가 누구인지 어떤 사람인지 나의 정체성을 찾아가는 과정이며, 자신의 존재감을 외부로 알리는 내적 행위'라고 할 수 있다. 이 두 가지 행위는 나의 삶을 지탱하는 양식이자 에너지로 승화된다. 다시 말해서 삶의 추동력으로 작동한다. 그와 동시에 토해내는 삶의 에센스이자 배설물이다. 신앙과도 같은 삶의 동행자다. 그것은 삶이 나태해지려고 할 때와 갈대 같은 영혼을 무시로 긴장시키는 보이지 않는 채찍이다.

나는 문학이 여타의 예술 분야보다 특별히 위대하거나 월등하다고 생각하지 않는다. 형식과 장르를 구분 짓는 것은 몰라도 문학적

권위주의는 단호히 거부한다. 또한, 개인의 지적 우월성을 과시하는 수단으로 이용되거나 단순한 언어의 유희가 되어서는 안 된다고 생각한다. 그것은 인간의 문제를 끊임없이 살피고 정체성을 찾아내는 수단으로 존재할 때 그 가치가 빛나기 때문이다. 문학이 대중과 함께 호흡할 수 없는 것이라면 생명력이 없는 죽은 것이다. 그렇다고 해서 대중의 구미에 영합하거나 잔재주로 독자를 미혹시키는 상업주의 문학은 더욱더 경계해야 한다.

천재 물리학자 알베르트 아인슈타인은 "상상력이 지식보다 더 중요하다"라고 말했다. 그가 뉴턴의 중력법칙을 뛰어넘어 시간과 공간의 절대성을 무너뜨린 상대성이론을 만들어낸 것도 결국은 상상력에서 비롯됐다. 문학에서도 가장 중요한 요소는 어휘와 상상력이라고 감히 생각한다. 결국, 생각하는 힘, 사고의 근육이 강해야만 살아남는다. 문학가라면 누구나 풍부한 상상력을 바탕으로 하는 '호모 스토리안Homo storian'(이야기를 만드는 인간)이길 추구한다. 표현에도 거침이 없는 자유분방함으로 진정한 '휴먼 리얼리즘 Human realism'(인간의 삶의 모습을 지극히 사실적으로 보여주는 것)을 지향해야 생명력이 길다.

상상력이란 모름지기 지적인 기반이 갖춰진 상태에서만 그 양과 질의 품격을 높일 수 있다. 굳이 '하늘 아래 새로운 것은 없다'는 아포리즘을 인용하지 않더라도 말이다. 창조한다는 것은 결국 행위자의 직간접적인 체험과 깊은 사유가 동반돼야 가능한 것이다. 지적

양식과 수련을 기반으로 하지 않는 상상력은 단순한 공상에 그치고 만다. 사상누각沙上樓閣과 같다.

상상력을 배가시키는 제일의 방법은 당장 자연으로 뛰쳐나가서 온몸으로 직접 만끽하는 것이다. 만일 그것이 불가능하다면 책상물림하는 수밖에 없다. 상상력의 불씨를 만드는 일, 그것을 황덕불처럼 활활 피워올리는 일에도 지난한 자기희생과 헌신이 뒤따라야 한다. 글쟁이에게는 절체절명의 과업이자 피할 수 없는 숙명이다.

개인적으로 시인이라는 직업 아닌 직업을 갖고 있어 감사하다. 여전히 시를 사랑할 뿐만 아니라 시 감상과 시작詩作을 즐겨한다. 몇 해 전 남녀 직장인을 대상으로 벌인 직업 만족도 설문조사에서 행복한 직업 1위에 예술가와 시인이 뽑혔다. 뒤이어 국회의원, 연예인, 요리사, 의사, 변호사, 전문직 등이 올랐다. 이들이 행복할 것으로 생각하는 이유에 대해서는 하고 싶은 일을 하는 것 같아서란 답변이 가장 많았다. 이어 돈을 잘 벌 것 같아서, 한가한 시간이 많을 것 같아서, 권위와 사회적 위치가 있어서, 일이 편할 것 같아서, 기타의 순으로 조사됐다. 하나 사람들의 생각과 달리 현실에서 예술가와 시인들 대개는 배가 고프다.

나는 변두리 시인이며 작가다. 여전히 문학은 고통스럽기 그지없는 작업이다. 어느 작가의 말처럼 문학은 단순히 자기만족 차원의 소아적 언어 표현이 아니다. 그것은 냉철한 이성으로 조탁된 매우 객관적이고 공적인 언어로 전환하는 지난한 과정을 거쳐 새로운 창

●

조물로 탄생한다. 솔직히 고백하건대 나로서는 해가 갈수록 점점 더 어렵게 느껴진다. 남보다 뛰어난 재능도 재주도 없으니 더욱더 그렇다.

그런데도 이 짓을 쉽게 포기하지 못하는 이유가 있다. 삶의 희열과 성취감 때문이다. 그 시간만큼은 오롯이 모국어와 혼연일체가 된 듯 깊은 사랑에 빠진다. 또 만에 하나 문학을 관성적으로 하고 있을까봐 수시로 성찰한다. 문학은 나 자신을 매일 황홀경에 취하게 만드는 동시에 각성시키는 올더스 헉슬리의 '멋진 신세계의 소마soma'와 같은 것이다.

나는 와유거사臥遊居士와 와유당臥遊堂이란 두 개의 아호雅號를 필요에 따라 번갈아가며 쓰고 있다. 확장 해석하면 '와견천리 좌견삼천리 입견구만리臥見千里 坐見三千里 立見九萬里'라는 의미를 지닌다. 즉 누워서 천 리를 보고, 앉으면 삼천 리를 보고, 서서는 구만 리를 보겠다는 불굴의 의지가 담겨 있다. 사정이 이러하니 내 어찌 와유락을 쉬이 포기할 수 있겠는가. 남은 인생은 산천을 유람하듯 최대한 자유롭게, 그러나 더 치열하게 사는 것뿐이다.

자화상과 초상화

자화상과 초상화의 차이는 무엇일까? 자화상은 스스로 그린 자신의 초상화이다. 초상화는 화가가 대상 인물의 얼굴이나 용모 용태를 사실적으로 그린 그림이다. 다시 말해서 '내가 바라보는 나'를 그리면 자화상이고, '타인이 바라보는 나'를 그리면 초상화가 된다. 자화상은 대개가 자기 자신을 더 솔직하고 진실되게 표현하려고 한다. 반면에 초상화는 주문자의 요구에 따라 다소 과장과 생략, 부풀림과 꼼수가 개입될 여지가 다분하다.

자화상의 경우 동서양을 막론하고 화가 자신이 인식하는 자아의 상태를 가감 없이 드러낸다. 동양은 줄곧 현실 너머에 있는 '보이지 않는 진실한 무엇' 즉 정신과 의미, 뜻을 표현하는 데 치중해왔다. 정신과 의미를 그리는 것을 사의寫意라고 한다. 사대부 화가들은 사물의 내면에 자리잡은 정신을 표현하는 일이 회화의 본질이라고 생각했다. 특히 이를 중시하는 중국의 사대부 문인들이 그린 문인화가 득세하며 동양 미술은 '형태'보다는 '정신'을 중시했다. 이른바 '경형사 중신사輕形似 重神似'라는 논리가 화단을 지배하며 미술이 관념화되는 폐해가 나타났다.

한발 더 나아가 사대부들은 예술의 격조를 가장 중요시했다. 높은 수준의 학문을 닦은 후에야 나올 수 있다는 문자향文字香과 서권기書卷氣를 내세웠다. 특히 조선 후기 풍속화나 민화 등의 급속한 확산에 위협을 느낀 양반 사대부들이 목소리를 높였다. 대표적 인물이 추사秋史 김정희다.

서양의 경우 15세기 말 독일 르네상스 시대의 화가 뒤러는 자화상 속에서 세련되고 귀족적인 옷차림을 한 채 정면을 뚫어지게 응시하고 있다. 17세기 '빛의 화가'로 불리는 네덜란드의 화가 렘브란트는 약 100여 점이 넘는 자화상을 통해 인간의 성격과 신상 변화에 대한 깊은 통찰력을 보여준다. 19세기 말의 빈센트 반 고흐 또한 무려 43점의 자화상을 남긴 거로 유명하다. 흔히들 고흐가 자화상을 많이 그린 이유가 모델을 구할 돈이 없어 그랬던 거로 알고 있다. 다른 한편으로는 강렬한 보색대비를 통해 인물의 본질과 내면을 표현하는 데 주력했기 때문이라고 한다.

초상화는 원래 사적이고 정치적인 영역의 예술이었다. 르네상스의 3대 거장인 레오나르도 다빈치, 미켈란젤로, 라파엘로를 포함해 당대의 화가들은 거의 다 초상화를 그렸다. 그들은 후대 화가들에게 지대한 영향을 끼쳤다. 그 중에서도 베네치아 총독의 초상을 도맡아 그렸던 벨리니의 뒤를 이은 티치아노는 유럽 전역의 군주들로부터 주문이 쇄도했을 정도로 걸출했다. 그의 제자들인 틴토레토와 베로네제도 뛰어난 활약을 펼쳤다.

초상화는 르네상스를 거치면서 예술적 장르로 확고히 자리매김했다. 오늘날에도 과거와 현재가 만나는 접점으로써 그 존재감을 유감없이 발휘한다. 대상 인물의 용모와 성품, 내면까지도 짐작하게 할 수 있는 확실한 시각적 수단이기 때문이다. 프랑스 파리 루브르박물관을 찾는 관람객들이 유독 〈모나리자〉 앞에 인산인해를 이루는 이유는 간단하다. 그 신비로운 미소에 대한 호기심과 각별한 애정 때문이다.

우리나라를 대표하는 자화상을 꼽으라면 단연 국보 제240호 〈윤두서 자화상〉이다. 고산孤山 윤선도의 증손자인 공재恭齋 윤두서는 이 자화상을 죽기 두 해 전인 1713년 46세 때 그렸다고 한다. 당시 몰락한 남인이었던 공재는 당쟁의 풍파 속에서 모진 고초를 겪다 전남 해남의 '녹우당綠雨堂'으로 낙향했다. 그럼에도 불구하고 강인한 인상에서 일말의 절망감이나 어둠의 그림자는 전혀 찾아볼 수 없다. 실제로도 그는 조선 사대부가 지녀야 할 자존심과 절제력이 강하고 치밀한 성격의 소유자였다고 한다.

이 자화상의 크기는 가로 20.5㎝, 세로 38.5㎝로 비교적 작다. 그런데도 그림 속에서 금방이라도 튀어나올 듯한 강렬한 인상을 내뿜는다. 괜스레 관람자가 주눅이 들 정도다. 특히 이마 윗부분을 가린 검은 탕건과 마주보기 민망할 정도로 정면을 똑바로 응시하는 두 눈에서 안광이 발한다. 마치 『삼국지』 영웅 장비의 얼굴처럼 좌우로 끝부분이 치켜올라간 두 눈썹과 사방팔방으로 뻗쳐 있는 구레나룻, 올올이 잘 다듬어진 콧수염과 턱수염, 도톰하게 살찐 볼, 발그레하면서도 두툼한 입술 등에서 공재의 옹골찬 성격과 기개가 엿보인다. 그야말로 조선시대 지식인의 자아와 기개를 수준 높게 묘사한 우리나라 회화사 자화상 중에 최고 걸작이다. 동양인의 자화상 중 으뜸이라는 평가를 받아 마땅하다.

자화상 하면 멕시코 여성 화가 프리다 칼로도 빼놓을 수 없다. 그녀는 6세 때부터 오른쪽 발이 소아마비에 걸려 다리를 절었다. 18세 때는 하굣길에 탄 버스가 전차와 충돌한 후 폭발하면서 그녀의 몸에 무수히 많은 금속 파편이 박히는 대형사고를 당했다. 사고 후유증으로 평생 고통을 받았던 그녀는 병상의 고통을 이겨내기 위해서 그림을 그리기 시작했다. 결국, 평소 흠모하던 멕시코 국민화가 디에고 리베라와의 결혼과 이혼, 재결합이라는 파란과 곡절을 겪으며 20세기 현대 미술의 아이콘이 되었다.

그녀는 작품들을 통해 자신의 고통스러운 삶을 강렬하고 충격적으로 승화시켰다. 작품의 절반이 넘는 자화상들은 인생의 고비마다 관통하는 자신의 기억과 경험, 환상의 세계를 관능적이고 개성 강한 자의식의 세계로 재창조해냈다. 그녀는 "나는 자주 혼자여서, 또 내가 가장 잘 아는 주제가 나이기에 나를 그린다"라고 고백했다. 이

●

대목에서 묘하게도 고흐와 칼로가 겹쳐보이는 건 나만의 생각일까?

나는 그림에 전혀 재능이 없다. 그러나 할 수만 있다면 한번쯤 자화상을 직접 그려보고 싶은 강렬한 충동을 느낀다. 언감생심 화가에게 초상화를 의뢰할 만한 삶은 더더욱 아니다. 지금껏 이렇다 할 업적도 자격도 없기 때문이다. 갈수록 거울 앞에 서는 것조차 점점 두려워진다. 하지만 현재 모습만이라도 가감 없이 솔직하게 그려봄으로써 성찰의 기회로 삼고 싶다.

지나온 삶을 되돌릴 수는 없다. 다만 남은 날만큼이라도 스스로 부끄럽지 않은 삶을 살고 싶다. 모르긴 몰라도 레오나르도 다빈치(1452~1519), 뒤러(1471~1528), 미켈란젤로(1475~1564), 라파엘로(1483~1520), 렘브란트(1606~1669), 윤두서(1668~1715), 김홍도(1745~?), 김정희(1786~1856), 고흐(1853~1890), 프리다 칼로(1907~1954)도 자신들의 자화상을 그리며 나와 같은 생각을 하지 않았을까, 엉뚱한 유추를 해본다.

제4장

노힐부득과 달달박박처럼

『삼국유사』에 보면 신라 성덕왕 때, 노힐부득과 달달박박이라는 두 인물에 대한 설화가 나온다. 이 두 사람은 경주 백월산白月山 근처에 살았다. 둘 다 용모와 풍채가 빼어났다. 평소 속세를 초월한 사상을 논하며 깊은 우정을 나누는 사이였다. 시쳇말로 브로맨스 Bromance에 티키타카Tiki-taka와 케미Chemistry가 쩌는 '찐친'(진정한 친구) 사이였다.

둘은 성년이 되어 남들처럼 결혼도 하고 자식도 낳았다. 농사를 지으면서 평범한 생활을 꾸려나갔다. 하지만 약속한 바대로 진리를 깨닫기 위해 동반 출가해 스님이 되었다. 게다가 서로 가까운 거리의 암자에 기거하며 열심히 수행 중이었다.

그러던 어느 날 밤이었다. 용모가 수려하고 난초 향기를 풍기는 스무 살 안팎의 한 낭자가 달달박박에게 먼저 찾아왔다. 그러고는 시 한 수를 읊으며 밤이 늦어 그러니 재워달라고 청하는 것이었다.

●

당황한 달달박박은 절은 누추한 곳이고 수행에 방해가 된다며 이를 단호히 거절했다.

　낭자는 그 길로 노힐부득에게도 찾아가 게송偈頌 하나를 들려주며 똑같은 청을 한다. 노힐부득은 중생의 뜻을 따르는 것도 보살행菩薩行의 하나라 생각하고는 낭자를 극진히 대접한다. 한데 낭자는 갑자기 산고産苦가 있으니 해산 준비를 해달라는 것이었다. 노힐부득은 부끄럽고 두려운 마음을 간신히 진정시킨 다음, 짚자리를 펴고 촛불을 희미하게 비추었다. 그와 동시에 슬쩍 눈을 들어 낭자를 바라보니 이미 해산解産을 마친 상태였다. 설상가상으로 낭자는 노힐부득에게 목욕 준비를 해달라고 청했다. 노힐부득은 목욕통에 따뜻한 물을 준비해 낭자를 목욕시켰다. 그 순간, 사방에 신묘한 향기가 가득하고 물은 금빛으로 변하는 것이었다.

　노힐부득이 몹시 놀라며 어쩔 줄 몰라했다. 그러자 낭자는 한술 더 떠 "스님께서도 이 물에 함께 목욕하는 것이 좋겠습니다" 하며 미소를 지었다. 노힐부득은 잠시 머뭇거리다 용기를 내어 그녀의 말에 따랐다. 그러자 일순 정신이 맑아지고 살결이 금빛으로 변했다. 그 옆에 바로 눈부신 연화좌대蓮花座臺 하나가 솟아올랐다. 뒤이어 낭자가 말하길 "나는 관세음보살인데 여기 와서 대사大士를 도와 대보리大菩提를 이루고자 함이요" 하고는 어디론가 홀연히 사라져버렸다.

　한편 달달박박은 지난 밤에 노힐부득이 계율을 더럽혔을 거라 짐작하고 찾아가서는 놀려주려고 했다. 한데 이게 웬 조화란 말인가. 노힐부득은 연화대 위 미륵존상彌勒尊像이 되어 찬란한 금빛을 발하고 있었다. 노힐부득에게서 자초지종을 들은 달달박박은 자신의 미욱함을 탄식하며 "내가 어리석어 관세음보살님을 알아보지 못했다네. 우정을 생각해서 자네가 목욕했던 물에 나도 몸을 씻을 수 있게 해주겠나?"라고 하자 노힐부득이 쾌히 승낙했다. 그러자 두 사람은 금세 금빛 아미타불阿彌陀佛이 되어 세상을 밝게 비추는 것이었다.

다음날 이 소문을 전해들은 마을 사람들이 구름떼처럼 몰려들었다. 그 중에는 두 스님의 가족들도 있었다. 그들은 중생들을 향해 진리를 설법한 뒤에 구름을 타고 하늘로 올라갔다.

훗날 즉위한 경덕왕은 이 이야기를 듣고 노힐부득과 달달박박이 머물렀던 백월산에 남사南寺를 짓게 했다. 금당에는 미륵불을, 강당에는 아미타불을 모셨다. 그런데 달달박박이 목욕하고 남아 있던 금빛 물이 모자랐던 탓에 아미타 불상의 여러 곳이 검게 얼룩져 있다는 것이 대강의 줄거리다. 다분히 교훈적이고 서사적이다. 다시 말해서 수도자가 지녀야 할 올바른 마음가짐과 수행 자세에 대해 비유적으로 얘기하고 있다.

솔직히 내게는 이들 정도의 교분을 나누는 친구가 없다. 오늘날까지 음으로 양으로 변함없이 도움을 주는 친구들은 여럿 있다. 누군가 '세 명의 친구를 가지면 성공한 인생이다'란 말을 했을 때 별로 귀담아듣질 않았다. 한데 살아보니 '찐친' 한 명을 갖는 것도 쉬운 일이 아니라는 걸 절감하게 된다. 이것은 나의 뼈아픈 고백이기도 하다.

일찍이 공자는 "날씨가 차가워지고 난 후에야 송백松柏의 푸르름을 안다", 아리스토텔레스는 "불행은 누가 친구이고 아닌지를 보여준다"라고 말했다. 인디언들은 친구를 가리켜 '내 슬픔을 등에 지고 가는 자'라고 했다. 그밖에도 『명심보감』에서는 '술 먹고 밥 먹을 땐 형, 동생 하는 친구인 주식형제酒食兄弟가 천 명이나 있지만, 급하고 어려울 때 막상 나를 도와주는 친구인 급난지붕急難之朋은 한 명도 없다'라고 개탄했다. 즉, 친구의 가치를 에둘러 언급했다.

그동안 내가 진정한 친구를 바란 만큼 과연 나는 친구들에게 어떻게 대했는지를 다시금 반추하게 된다. 만약 내게 친구가 없다면 그건 내가 먼저 그의 진정한 친구가 되어주지 않았기 때문이다. 좋은 친구를 곁에 두고 싶으면 자신이 먼저 좋은 친구가 되어야 한다. 아무리 염량세태炎凉世態라지만 역시 어려울 때 힘이 되는 친구가 진짜 친구다.

무심한 세월은 바람처럼 흘러 누워 산 지도 32년째가 되었다. 더 정확히 말하면 서서 31년, 누워서 32년을 살았다. 그동안의 파란과 질곡을 어찌 필설로 다할 수 있을까마는, 내게도 빈천지교貧賤之交와 문경지교刎頸之交에 가까운 죽마고우竹馬故友와 열혈 ROTC 동기들이 있다. 그들이 한결같이 보여주는 깊은 우정과 배려는 값싼 동정과 연민이 결코 아니다. 지금도 몇몇은 매달 통장으로 후원금을

●

보내온다. 그뿐만 아니라 나와 가족이 어려움에 부닥칠 때마다 뭉칫돈을 쾌척하기를 마다하지 않았다. 또한, 기회 있을 때마다 시간을 내어 동반 여행을 떠나주는 열혈 ROTC 동기생들도 있다.

나는 주위에 이런 친구들이 있어 행복한 사람이다. 작가 조지 오웰은 『나는 왜 쓰는가?』에서 네 가지의 거창한 이유를 들었다. 그러나 내게는 소박한 이유가 있을 뿐이다. 여태껏 변함없이 우리 부부를 격려하고 응원해주는 친구들에게 나의 존재 가치를 스스로 증명해 보이기 위해서다. 불후의 명작은커녕 졸작들만을 남기고 갈지라도, 나의 이런 몸부림이 친구들과 이웃의 은혜에 눈곱만큼이라도 보답하는 길이라고 생각하기 때문이다.

그래서 오늘도 읽고 쓰는 일을 멈출 수가 없다.

아름다운 눈물

— 영화 〈울지 마, 톤즈〉를 보고

화가 로이 리히텐슈타인은 앤디 워홀과 더불어 20세기 미국의 팝 아트를 대표하는 인물이다. 그는 하류 문화로 여겨지던 만화 속 장면들을 차용해 독특한 스타일의 회화로 재창조해냈다. 다시 말해서 일상과 예술의 경계를 허물어 미술의 대중화에 앞장섰다. 그의 작품들은 만화 속의 선과 점, 색채 등에서 보이는 '망점網點'(인쇄물에 찍히는 그물코 모양의 작은 점)을 그대로 살려 표현한 것으로 유명하다.

그의 대표작 중의 하나인 〈행복한 눈물〉(1964년 작)은 2002년 뉴욕 크리스티 경매에서 710만 달러에 판매되었다. 그 이후 그림의 행방이 묘연했다. 한데 2008년 우리나라 모 그룹의 X파일 비자금 사건과 연루되어 언론의 집중 조명을 받으며 세간에 널리 알려졌다. 그림 제목과 달리 아이러니한 일이 벌어진 것이다.

오늘은 독감 예방접종을 받고 다큐멘터리 영화 〈울지 마, 톤즈〉

란 영화를 봤다. 지난 봄 KBS 1TV 〈일요스페셜〉을 통해 방영했던 걸 극장용 영화로 재편집한 거였다. 이미 TV를 통해 시청한 것이었지만, 영화로 보는 내내 전보다 훨씬 깊은 감동과 회한이 몰려왔다. 눈물 콧물이 범벅되어 걷잡을 수 없이 흘러내렸다.

주인공 이태석 신부는 1962년 부산에서 10남매 중 아홉째로 태어나 9세 때 부친을 여의었다. 그는 삯바느질하는 홀어머니 밑에서 가난하게 자랐지만, 열심히 공부해 의대에 진학했다. 그가 중학생 시절에 직접 만들었다는 유명 성가 〈묵상〉은 영화의 배경음악으로 깔리며 관객들의 심금을 더욱 울리며 눈물을 자아내게 했다.

'십자가 앞에 꿇어 주께 물었네/ 추위와 굶주림에 시달리는 이들/ 총부리 앞에서 피를 흘리며 죽어가는 이들을/ 왜 당신은 보고만 있냐고/ 눈물을 흘리면서 주께 물었네/ 세상엔 죄인들과 닫힌 감옥이 있어야만 하고/ 인간은 고통 속에서 번민해야 하느냐고/ 조용한 침묵 속에서 주님 말씀하셨지/ 사랑, 사랑, 사랑 오직 서로 사랑하라고/ 난 영원히 기도하리라 세계 평화 위해/ 난 사랑하리라 내 모든 것 바쳐'

그는 의사로서 얼마든지 편안한 삶을 살 수 있었다. 하지만 어머니와 형제들의 만류를 뿌리치고 가톨릭 사제가 되기 위해 다시 신학교에 들어갔다. 결국, 로마 교황청에서 사제 서품을 받았다. 스스로 고행의 길을 선택한 것이다. 이미 그의 형 하나는 사제였다. 누이 하나도 수녀였다.

그는 사제가 된 뒤 학창시절에 의료봉사를 하러 갔던 아프리카, 그것도 아무도 가려고 하지 않는 오지인 수단의 톤즈로 가길 자원한다. 하루가 멀다고 내전의 총성이 그치지 않는 살육의 현장이었다. 그는 가난과 질병에 시달리는 무고한 전쟁의 피해자들과 세상으로부터 버림받고 격리된 채 살아가는 한센병 환자들을 치료한다. 마을에 병원과 초중고교를 세워 아이들에게 직접 수학과 음악을 가르치기도 한다. 그뿐만 아니라 수단 최초의 '브라스 마칭 밴드 Brass Marching Band'(금관악기와 타악기만으로 편성된 음악대)도 만들었다.

그는 2008년 10월 휴가차 한국에 나온다. 건강에 이상을 느끼던 중에 동료 의사의 권유로 건강검진을 받았다. 곧바로 청천벽력 같은 대장암 말기 판정을 받았다. 그 후 1년여 넘게 항암치료를 받으며 투병 의지를 불태웠다. 하지만 안타깝게도 48세를 일기로 선종善終하고 만다.

영화는 그의 살아생전 기록인 '리얼 휴먼다큐'이자 감동의 수작秀作이다. 마지막 투병 영상들에서조차 일절 죽음의 그림자가 보이지 않는다. 태연히 기타를 치며 해맑은 웃음으로 생명과 주님의 찬가를 부른다. 그의 초연함이 나 자신을 더욱 초라하게 만든다. 한국의 슈바이처라 불러도 손색이 없다. 그에게 사제 이상의 존경심과 경외감을 느낀다.

여든다섯의 노모를 생각하면 가슴이 먹먹해진다. 의사이자 사제인 아들을 이역만리 오지에 보내놓고 숱한 밤을 눈물과 기도로 지새웠으리라. 그는 왜 꼭 거기로 가야만 했는지, 의사인 자신의 몸에 암덩어리가 퍼지는 것도 모를 정도로 그의 영혼을 사로잡은 것은 과연 무엇이었는지를 인터뷰 화면을 통해 명확한 답을 준다.

그는 살면서 자신의 마음을 움직인 몇 가지 아름다운 향기를 소개한다. 첫 번째가 성서 마태복음 25장 40절에 나오는 '가장 보잘것 없는 이에게 해준 것이 곧 나에게 해준 것이다'라는 예수님의 말씀이다. 두 번째는 모든 걸 포기하고 아프리카에서 일생을 바친 슈바이처 박사였다. 세 번째는 하와이에서 한센병 환자들을 돌보다 자신도 한센병으로 선종한 어느 신부님이었다. 네 번째는 어릴 적 집 근처 고아원을 돌보던 신부님과 수녀님들의 헌신적인 삶이었다. 마지막으로는 10남매를 위해 평생을 헌신하신 자신의 어머니 때문이었다고 담담히 고백한다.

왜 하느님은 그가 지닌 많은 탤런트를 다 꽃 피우기도 전에 그렇게 일찍 데려가서야만 했을까? 영화를 관람하는 내내, 그 후 지금까지도 쉬이 의문을 떨쳐버릴 수가 없다. 나같이 미욱한 인간이 어찌 감히 그분의 크고 깊은 뜻을 헤아릴 수 있겠는가. 다만 어떤 이유가 있으리라 미루어 짐작만 할 뿐이다.

용감무쌍한 수단의 딩카족은 어떤 상황에서도 우는 것을 수치로 생각한다. 그런 그들이 제작진이 보여준 임종 전 신부님의 모습이 담긴 DVD와 브로마이드 사진을 보며 마침내 하나같이 오열한다. 그 장면에서 이금희 아나운서의 "사랑이 깊으면 그리움도 아픔이 되고 이별은 쉽지 않다"는 내레이션은 마침내 꾹꾹 참아내던 울음을 터뜨리게 한다. 봇물 터지듯 터져버린 나의 눈물은 강이 되어 고개를 뒤로 젖혀도 쉬이 멈추질 않았다.

나는 스크린에서 '엔딩 크레딧ending credit'(영화가 끝난 직후 스크린 자막을 통해 제공되는, 영화 제작과 관련된 상세 정보)이 다 올라갈 때까지 자리를 뜰 수 없었다. 그를 통해서 한 인간의 열정과 사랑이 세상을 얼마나 변화시키고 큰 감동과 울림을 주는가를 새삼 깨달았다. 과연 살아남은 나는 어떤 삶을 살아야 하는지를 다시 한 번 깊이 숙고하게 하는 시간이었다.

마흔여덟의 생을 불꽃같이 살다간 고故 이태석 신부에게 한없는 존경을 표한다. 그의 영정 앞에 고개 숙여 두 손 모아 기도한다. 부디 지상에서 뿌린 씨앗의 열매를 천국에서 반드시 수확하기를 빌어 마지않는다.

간혹 사후세계를 궁금해하고 걱정하는 사람들이 있다. 그들에게 이 영화를 강력히 추천한다. 이 세상을 어떻게 살아야 하는지를 깊이 깨닫는 기회가 될 것이다. 따로 틈을 내서 그의 유고 산문집『친구가 되어 줄래요?』도 읽어보길 권한다. 그의 삶의 고갱이들이 보석들처럼 반짝반짝 빛날 것이다.

●

우정의 속살

그해 봄, 아버지의 농사 준비는 지나치다 싶을 정도였다. 기존의 텃밭을 거의 두 배로 늘렸기 때문이었다. 텃밭이라고 해야 앞뒤 마당을 통틀어 고작 네댓 평에 불과한 손바닥만 한 땅이다. 그런데도 인근 우암산에서 부엽토를 긁어다 한두 평 정도를 더 확장하는 일에 몰두했다. 아버지에게 몇 차례 성도 내봤다. 소용이 없었다. 결국, 요추미세골절이라는 치명상을 입고 사달이 났다. 한마디로 소탐대실이었다.

평소 골다공증에 척추협착증, 척추측만증에 경추디스크, 퇴행성 무릎관절염까지 있던 양반이었다. 설상가상으로 요추3번 압박골절상을 입은 줄도 모르고 동네 정형외과에 다니며 물리치료와 약물치료를 병행했다. 상황은 점점 악화하였다. 내 불찰이었다. 결국 인근 대학부속병원에 가서 정밀진단을 받고서야 요추미세골절상임을 알았다. 부친은 3주간의 입원치료 후 서울 여동생 내외가 모시고 갔다. 그로부터 3개월 뒤에 아버지는 당신의 집에서 임종을 맞으셨다.

삼우제三虞祭 며칠 뒤에 가족회의가 열렸다. 당신께서 지난 17년 간 집안 곳곳에 차곡차곡 쟁여놓은 잡동사니들을 정리하기로 했다. 대개는 녹이 슨 채로 나뒹굴거나 당신의 손때가 묻은 각종 연장과 공구부터 잡다한 가전제품에 이르기까지 그 종류 또한 다양했다. 여동생 내외와 아내는 집 안 구석구석에서 그 많은 것들을 찾아내 마당에 쌓아놓았다. 얼추 2.5톤 트럭 한 대 분량이었다. 곁에서 묵묵히 지켜볼 수밖에 없는 나로서는 우울하고 슬프기 그지없었다.

한 생애의 종료와 동시에 그 존재의 흔적도 가뭇없이 지워진다. 더욱이 부모와 자식 간의 별리는 가슴이 아프다 못해 뼛속까지 저린다. 이제 다시는 살아생전 형형하던 아버지의 눈빛을 볼 수가 없다. 죽음에 이르러 뼈와 가죽만 남은 앙상한 몸피, 초점이 흐려진 눈빛. 축 늘어진 어깨와 굽어버린 등, 쉬어버린 목소리가 이승의 마지막 모습이었다. 하지만 끝까지 추함을 보이지 않으려 애쓰시던 아버지 모습을 영영 잊을 수가 없다.

임종 전 외부인으로서 아버지를 찾아온 마지막 문병객이 L이었다. 그녀는 생명의 불씨가 꺼져가는 선친 곁에 앉아서 한참 동안 눈물로 기도를 올렸다. 그녀는 나의 죽마고우다. 우리는 초등학교 시절 강원도 탄광촌에서 3년간을 함께 지냈다. 그러다 내가 6학년 봄에 춘천으로 전학을 가며 헤어졌다. 그리고 40여 년이 흘러 다시 만났다. 그것은 내가 세 번째 시집을 출간하기 전의 일이었다. 인근

●

진천에 살던 친구를 통해 연락이 닿았던 덕분이다. 그녀는 이곳 무심천 벚꽃이 필 무렵 어느 동창들과 함께 우리 집을 방문해 1박을 하고 갔다. 그날을 계기로 우리는 한층 더 가까운 사이가 됐다.

어느 날 그녀로부터 뜬금없는 전화가 왔다. 다짜고짜 내일 제천 사는 동창 K가 방문할 테니 이번 기회에 우리 집 주방 싱크대와 수납장을 교체하라는 거였다. 아닌 밤중의 홍두깨라더니…. 잠시 아무 소리도 못하고 어처구니없어하는 내게 그녀는 단호한 어조로 말했다.

"지난 번에 너희 집을 방문했을 때 설거지를 하다보니 주방 싱크대와 수납장이 너무나 낡고 헐어 문짝들이 잘 닫히질 않더라고. 게다가 너희 아내도 무척 투덜거리더라. 그래서 이참에 내가 싱크대를 갈아주고 싶어. 때마침 제천에서 한○주방가구 대리점을 운영하는 K에게 내가 특별히 부탁했거든. 그러니 암말 하지 말고 따라줄래?"

그녀의 생뚱맞은 제안에 당혹스러움은 둘째였다. 솔직히 자존심이 상했다. 서로 간에 옥신각신 설전을 벌였다. 나는 완강히 고사하다 제풀에 지쳤다. 결국, 친구로서의 우정만 받겠다며 전화를 먼저 끊어버렸다.

그런데 다음날, 정말로 K가 방문했다. 그녀는 우리 내외와 인사를 나누자마자 다른 일정 때문에 오래 머물 수 없다며 설레발을 쳤다. 곧이어 소지한 싱크대 모델 카탈로그를 아내에게 보여주며 색

●

165

상과 디자인을 얼른 고르라고 다그쳤다. 그러고는 숨 돌릴 틈도 없이 가방에서 줄자를 꺼내 요모조모 주방 크기를 재기 시작했다. 좌측에서 우측으로, 위에서 아래로, 각각의 치수를 재는 동시에 메모를 했다. 그녀의 행동은 미리 짜인 각본에 따라 움직이는 듯 일사천리로 이루어졌다.

나는 눈앞에서 벌어지는 일들을 그저 멍하니 바라볼 수밖에 없었다. 거실 침대에서 넋이 나간 표정으로 지켜보던 내가 정신을 가다듬고 조심스레 입을 열었다. 단도직입적으로 K에게 싱크대를 교체하면 비용이 얼마나 드냐고 물었다. 그녀는 기다렸다는 듯이 "이미 L한테서 선불을 받았으니 아무런 염려하지 마세요"라고 맞받아쳤다. 망치로 뒤통수를 한 대 얻어맞은 느낌이었다. 나와 달리 아내의 얼굴엔 화색이 가득했다. 일진광풍이 몰아치듯 모든 게 순식간에 끝나버렸다. 그리고 K는 무엇엔가 쫓기듯 떠나갔다.

그로부터 사나흘 뒤였다. 집으로 설치기사 두 명이 트럭에 맞춤 제작한 주방가구를 싣고 찾아왔다. 약 한 시간 반에 걸쳐 낡은 주방가구를 뜯어내고 새것으로 교체했다. 마침내 아내의 숙원이었던 싱크대와 수납장 교체가 이루어졌다. 아내가 직접 고른 화이트칼라였다. 어두침침하던 주방 분위기가 금세 환해졌다.

선친께서 타계하기 전, 그녀는 몇몇 친구들과 두 달치 간병비를 모아 쾌척했다. 당시 아내는 유방암에 이어 발병한 난소암 항암치료와 난소 자궁 제거수술을 받은 지 얼마 지나지 않은 터였다. 어쩔 수 없이 24시간 상주하는 유급 간병인을 쓸 수밖에 없었다.

선친의 장례식을 치른 지 얼마 지나지 않아서였다. 그녀는 우리 집 도배와 장판을 새로 깔아주었다. 이어서 모든 실내등을 LED 등으로 교체해주었다. 이듬해 여름엔 거실에 에어컨을 설치해줬다. 2년 전엔 아내를 위해 신형 세탁기와 건조기를 보내왔다. 또 어느 날은 서울에서부터 용달차에 중고 소파를 싣고 내려왔다. 그걸로도 성에 안 찼던 모양이다. 서울 모 학원의 일타 강사로 잘 나가는 자기 아들에게 압력을 넣어, 내게 모션베드와 선풍기를 선물하게 했다.

결코, 그녀는 부자가 아니다. 공무원으로 정년퇴직하고 현재는 시골에서 소를 기르는 남편과 슬하에 1남 1녀를 둔 서울 중산층의 평범한 가정주부다. 그녀는 부동산공인중개사로서 자그마한 개인 사무실을 운영 중이다. 부로 따지면 그녀보다 훨씬 더 여유로운 동창들이 수두룩하다. 평소에도 그녀는 어려운 이웃을 보면 아낌없이 퍼준다. 게다가 망백望百을 넘긴 모친을 지극정성으로 봉양하고 있다. 남다른 효심 또한 세상에서 둘째가라면 서러워할 정도다.

그런 그녀가 얼마 전 교회 권사로 보임이 되었다는 소식을 전해왔다. 내가 할 수 있는 건 고작해야 축하 카드를 담은 꽃바구니를 택배로 보내는 것뿐이었다. 지금껏 그녀를 비롯해 좋은 친구들로부터 많은 도움을 받으며 살아왔다. 솔직히 그들에게 진 빚을 생각하면 마음이 한없이 무겁다. 다만 그들이 아무런 조건 없이 보여준 우정의 깊이를 생각하면 늘 가슴이 벅차오른다. 비록 내 삶은 비루하지만, 곁에 이런 친구들이 있어 행복하다. 저승에 가서도 내 어찌 그들을 잊으리오. L을 비롯해 사랑하는 모든 친구의 앞날에 건강과 행복만이 가득하길 빈다.

●

끝없는 질문

영국 작가 서머싯 몸의 소설『달과 6펜스』는 프랑스 후기 인상파 화가 폴 고갱을 모델로 발표와 동시에 전 세계적으로 화제가 된 작품이다. 대강의 줄거리는 이렇다. 한 증권사 직원이었던 40대 중년의 사내(찰스 스트릭랜드)가 그림의 마력에 끌려 가정을 버리고 파리에 가서 화가가 된다. 그리고 다시 타히티로 떠나 그곳에서 새로운 사랑과 동거하며 그림에 몰두하지만 결국 한센병에 걸려 죽음에 이른다. 사후에야 화가로서의 천재성이 밝혀진다. 여기서 '달'은 화가의 정신적 이상을 나타내고, '6펜스'는 세속적 재화를 상징한다.

나는 소설을 읽은 뒤에 곧바로 폴 고갱의 〈우리는 어디서 왔으며, 누구이며, 어디로 가는가?〉(1897년 작, 세로 141cm×가로 389cm)라는 유화를 찾아보며 깊은 생각에 잠긴 적이 있다. 한때 불교사상에 심취했던 고갱이 그린 이 대작의 우측에는 이제 막 태어난 갓난아이가 있다. 중간부에는 한 젊은이가 나무 열매를 따고 있다. 화면

좌측에는 인생의 말년을 맞은 한 노파가 잔뜩 웅크린 채 앉아 있다. 그림 속 인물들은 사람이 태어나서 죽을 때까지의 전 과정을 의미한다. 인간의 생로병사와 희로애락이 매우 상징적이고 함축적으로 그려져 있다.

고갱의 말에 따르면 이 그림은 그 자신이 온 힘을 기울여 완성한 철학적인 작품이다. 당시 고갱은 가난과 질병으로 인한 경제적 궁핍을 해결하기 위해 파리 화단에 자신의 예술을 인정해달라며 구걸할 정도였다. 그의 바람과 달리 평단과 대중의 반응은 싸늘했다. 이 일로 세상에 대한 증오심은 더욱 커졌다. 결국, 자살을 결심하기에 이른다.

그는 깊은 산속으로 들어가 독초를 먹고 자살을 시도했다. 그러나 마을 사람에게 발견되어 살아났다. 그 일을 계기로 그는 창작에 더욱 몰두했다. 밤낮없이 꼬박 한 달을 작업에 매달린 어느 날 꿈에서 깨어나 캔버스를 보는 순간, '우리는 어디서 왔을까? 우리는 누구인가? 우리는 어디를 향해 가는가?'라는 인간 존재론적 명제가 그림 제목으로 떠올랐다. 그림은 파리 전시와 동시에 화제를 불러일으켰다. 그러나 기대했던 만큼 커다란 호응을 얻지는 못했다.

누구나 한번쯤 '나란 존재는 어디에서 왔고, 나는 무엇이며, 또 어디로 갈 것인가?'라는 질문을 스스로 해본 적이 있을 것이다. 모르긴 몰라도 그런 의문과 번민으로 지금도 무수히 많은 밤을 지새우고 있는 사람들이 부지기수이리라. 어쩌면 그것은 '호모 사피엔스

Homo sapiens'가 지닌 숙명이자 인간으로서 죽음에 이를 때까지 영원히 풀지 못할 미증유未曾有의 숙제라고도 할 수 있다.

나는 누구인가? 어디에서 왔는가? 나를 입증할 명확한 정체성을 가지고 있는가? 그리고 마지막 날엔 어디로 갈 것인가? 두고두고 나를 괴롭히는 화두들이다. 다만 운명이 나를 소양강이 휘돌아가는 춘천 봉의산 밑에서 태어나게 한 것은 행운이었는지도 모른다. 춘천이라는 지리적 인문학적 소양을 잉태시켰기 때문이다. 그러나 지금은 불행하게도 생각하는 것 외에는 쓸모없는 육신을 가진 의존적 동물에 불과하다. 현실은 그저 무기력하고 고독하며 우울할 뿐이다.

무엇보다도 장애 이후 노동력 상실과 상대적 박탈감으로 생겨난 자기부정과 자학으로부터 깨어나는 게 급선무였다. 그 중에서도 이기적이고 탐욕적인 마음을 포기하는 일이 가장 힘들었다. 이 글을 쓰고 있는 순간에도 전생과 현생의 죗값을 치르는 중이라고 생각한다.

나는 누구인가? 어디서 왔는가? 그리고 어디로 갈 것인가?에 대한 끊임없는 의문으로 동양에선 석가모니와 공자 외에 제자백가諸子百家가 등장했다. 서양에선 그리스 최초의 철학자인 탈레스를 시작으로 소크라테스, 플라톤, 아리스토텔레스에 이어 예수 등의 성인들과 현자들이 그 답을 구하고자 치열하게 고민했다. 하지만 지금껏 누구도 속 시원하고 명쾌한 답을 내놓지 못했다.

유사 이래 그 문제를 철학적이거나 종교적으로, 과학적으로 풀어보려고 수많은 시도를 해왔으나 성공하지 못했다. 아마 영원한 수수께끼와 미스터리로 남을지도 모른다. 탄생의 기원을 모르니 자연히 종말 이후도 모를 수밖에 없다. 기독교에서 죽은 지 3일 만에 부활해 승천한 예수는 논외로 치자. 자신의 존재가 어디에서 왔는지를 명확히 아는 사람이 없다. 그뿐만 아니라 죽었다가 다시 살아나 사후세계를 증언한 사람도 없다.

여기서 궁금한 점이 하나 있다. 어떻게 서로 직접적 문화교류가 없던 네 지역(중국, 그리스, 인도, 중동)에서 그토록 놀라운 철학적 종교적 사유의 혁명이 일어날 수 있었을까? 왜 그들은 우주와 인간과 삶에 대해 같은 결론에 이르렀을까? 결과적으로 인간은 본래 나약한 존재임을 깨닫게 됨으로써 언제 어느 때라도 의지할 신과 종교를 만들었다. 그리고 스스로 그 속에 갇혀 살게 된 것이다.

누가 어디서 어떻게 왔던 생로병사의 굴레를 벗어날 수는 없다. 모든 인간은 탄생과 동시에 소멸을 향해갈 뿐이다. 중요한 건 살아 숨쉬는 동안 어떻게 품위 있게 잘 살 것인가, 어떻게 하면 더 아름다운 종말을 맞이할 것인가에 대한 문제를 끊임없이 고민해야 한다.

인생은 등산과도 같다. 정상에 올라가면 반드시 내려와야 한다. 쉼 없이 흐르는 시간과 함께 새로운 인물들이 계속 태어나기 때문이다. 제 아무리 힘들게 올라간 정상이라 하더라도 머무는 시간은 잠깐이다. 종국에는 하산이 기다릴 뿐이다.

나의 최애곡은 미국의 록그룹 캔사스Kansas가 부른 〈더스트 인 더

윈드Dust in the wind〉란 올드 팝이다. 2절의 가사는 압권이다.

'매달리지 말자/ 영원한 것은 하늘과 땅밖에 없다/ 모두가 다 사라져버린다/ 당신의 재산을 다 주어도 단 1분도 살지 못한다/ 바람 속의 먼지/ 우리는 모두 바람 속의 먼지다/ 바람 속의 먼지/ 모든 것은 바람 속의 먼지다'

이 구절들을 따라 부를 때마다 목울대가 절로 뜨거워진다. 이처럼 삶이 덧없고 부질없다는 걸 날이 갈수록 절감하고 있기 때문이다.

에리히 프롬은 19세기에는 신이 죽었다는 게 문제였고, 20세기에는 사람이 죽었다는 게 문제라고 진단한 바 있다. 근래 역사학자 유발 하라리는 『호모 데우스』에서 21세기의 문제는 사람이 신이 되려는 데 있다고 간파했다. 우리가 모두 선승禪僧이나 구도자처럼 매일 매 순간 '나는 어디서 왔으며 누구이며 어디를 향해 가는가?'라는 화두話頭를 마음에 품고 살 수는 없다.

하지만 자신의 내면을 부단히 성찰하고 마음의 수양을 쌓지 않는다면 인간은 신神은커녕 괴물로 변모할 우려가 매우 크다. 인생의 마지막 날에 사랑과 자비의 마음으로 살지 못한 점을 후회하며 죽을 것인가, 미소로 작별할 것인가? 바로 그것이 당면한 문제다. 가장 비극적인 죽음은 절대 죽지 않을 것처럼 살더니 결국, 살았던 흔적이 없었던 것처럼 죽는 것이라 하지 않던가.

●

아류인생 亞流人生

어떤 행사에 참석해 유명 가수들의 공연을 본 적이 있다. 초대가수들이 나오기 전에 바람잡이 역할을 하는 모창 가수 한 명이 먼저 무대에 등장했다. 장내 분위기를 띄우기 위한 주최 측의 포석이었다. 그는 자신을 나건필이라고 소개했다. 나훈아의 나, 김건모의 건, 조용필의 필 자字를 따서 지은 이름이라고 했다. 세칭 가황과 가왕, 국민가수로 불리는 세 사람을 흠숭할 뿐만 아니라 그들의 모창을 잘하기 때문이라는 말도 덧붙였다.

드디어 그의 공연이 시작됐다. 마치 TV 속의 김건모처럼 검은 선글라스에 깡총한 7부 바지를 입었다. 첫 곡이 〈빗속의 여인〉이었는데 김건모가 빙의된 듯한 착각을 불러일으켰다. 다음 곡부터는 두 눈을 감고 들어보기로 했다. 모창을 하면 얼마나 잘하기에 그러는지 나름 평가해볼 심산이었다. 그러나 금세 후회하며 마음을 고쳐먹고 곧바로 눈을 떴다. 이른바 싱크로율 100%로 혀를 내두를 정도

●

였기 때문이다.

그가 김건모의 〈잘못된 만남〉과 〈제비〉, 〈미련〉을 이어서 부르자 마침내 객석 청중들이 자리에서 벌떡 일어났다. 우렁찬 박수로 호응하며 열광하기 시작했다. 마지막으로 윤수일의 〈아파트〉를 불렀다. 정작 원곡자는 빼놓고 첫 소절부터 나훈아로 시작하더니 이어서 김건모, 조용필, 김종서, 박상민, 김정민, 김경호가 나오더니 마지막 소절은 김건모로 마무리하는 것이었다. 메들리 릴레이에 등장하는 가수들만의 독특한 음색과 창법으로 능청스럽게 노래를 불러 댔다. 그의 모습에 관객들은 연신 박수와 탄성을 질러댔다. 조금 과장하면 화산처럼 솟구쳐오르는 흥을 감추지 못했다.

그는 무대를 종횡무진하며 청중들을 쥐락펴락했다. 바로 자신의 쓰임새에 맞게 단시간 내에 장내를 열기로 후끈 달아오르게 했다. 모창 실력이 뛰어나도 짝퉁은 짝퉁일 뿐이라고 잠시 그를 향한 연민에 사로잡힐 때쯤이었다. 그는 마지막으로 자신의 첫 데뷔곡이라며 〈와다다다〉란 노래를 혼신을 다해 불러댔다. 신나는 경쾌한 리듬과 비트, 흥겨운 가락으로 꾸며진 트로트 곡이었다. 그러나 왠지 모르게 애잔하게 들렸다. 그는 조용필 전국 순회 콘서트에서 공연 전에 바람잡이 역할을 하는 B급 가수다. 하지만 언젠가 최고 가수로 우뚝 서리라는 꿈과 희망으로 온몸을 땀으로 흠뻑 적시고 있었다. 그의 굳은 각오와 열정이 무대 위에서 푸른 섬광처럼 번득였다.

문제는 그가 사라지고 난 뒤에 등장한 두 명의 유명 가수들의 공연이 시작되고부터였다. 이름만 대면 누구나 알 수 있는 7080세대를 대표하는 사람들이었다. 조금 전의 열기와 신명은 온데간데없고 찬물을 끼얹은 듯 분위기가 금세 식어버렸다. 이쯤 되면 장내 분위기와 관객 호응도 면에서는 짝퉁이 명품들을 이긴 셈이다.

요즈음 세간에는 개인기를 보여주는 것이 유행이다. 적어도 한 가지 이상의 개인기쯤은 보여줘야 사람들의 이목을 끌 수 있다. 그래야 좌중에서 대접을 받는다. 그래서 그럴까. TV 예능 프로를 보면 너도나도 유명 연예인이나 사회 저명인사의 독특한 성대모사와 몸짓 흉내내기에 열을 올린다. 시청자들의 반응도 뜨겁다. 그런 것을 통해 인기에 영합하려는 세태를 뭐라 탓할 수는 없다. 사실 어떤 분야에서 최고 경지나 일가를 이루기 위한 과정의 하나로 모사를 바라보면 이해 못할 바도 아니다. 어찌 보면 시대적 트렌드에 영합하려는 지극히 자연스러운 현상일 수도 있다.

현대사회에서 '모방'하면 먼저 떠오르는 것이 복제, 표절, 카피copy, 패러디parody, B급, 저작권 도용 등의 부정적인 단어들이다. 아리스토텔레스는 『시학』에서 우리가 지향하는 예술은 모방을 거쳐서 만들어야 한다고 설파했다. 모방이 없으면 창조도 없다는 것이다. 창조라는 단어는 매우 능동적이고 긍정적인 의미로 다가온다. 엄밀히 따지고 보면 그것도 모방이라는 과정을 거쳐야만 가능한 일이다. 그런 차원에서 대다수 사람은 앞서간 선구자나 선배들의 삶을 답습하거나 모방을 통해 아류적 인생을 살고 있다 해도 과언이 아니다. 인생과 예술은 결국, 모방으로 시작해 자기만의 정체성을 갖춘 뒤에야 비로소 일가를 이룬다.

시쳇말로 본캐(본래 캐릭터)와 부캐(부가적 캐릭터)가 혼재하는 시대다. 사람들은 자신을 표현하는 데에도 끊임없이 재미와 다양성을 추구한다. 또 그렇게 하는 게 타인들에게 자신의 존재감을 각인시키는 방법이라고 생각하기 때문이다. 실례로 최근 MBC TV 예능 프로에서 모 개그맨이 유산슬이란 이름으로 〈합정역 5번 출구〉라는 트로트 곡을 내고 가수로 데뷔했다. 그의 본캐는 개그맨이고 부캐는 가수로서 대중의 열광적 반응과 호응을 끌어냈다.

현실에서 진짜와 가짜, 명품과 짝퉁, 서로가 원조라며 티격태격하는 볼썽사나운 모습들을 볼 때마다 씁쓸한 웃음이 지어진다. '하늘 아래 새로운 것은 없다'라는 말이 자연스레 떠오르기 때문이다. 어쩌면 우리는 너나없이 아류적 삶을 살아간다. 모창 가수 나건필도 지금 영원으로 가는 길 위의 한순간을 사는 것이다. 비록 그가 남의 노래와 목소리를 흉내내는 모창 가수로 밥을 먹고 살지만, 이 세상에 단 하나뿐인 귀한 존재임이 틀림없다. 단언컨대 그가 그렇게 흠숭한다는 나훈아는 나훈아고, 김건모는 김건모고, 조용필은 조용필이고, 나건필은 나건필일 뿐이다.

사회 각 분야에서 멀티플레이어가 대세인 시대다. 인생을 살아가는 동안 본캐를 더욱 가치 있고 훌륭하게 만드는 것은 당연한 일이다. 또 부캐를 멋있게 재창조하는 것도 해볼 만한 일이다. 다만 자

177

신의 소신 없이 남이 하는 대로 따라 하는 부화뇌동附和雷同만큼은 삼가야 할 것이다. 고대 그리스 델포이의 아폴론 신전 입구에는 "너 자신을 알라!"라는 너무도 유명한 글귀가 새겨져 있다. 정말 중요한 것은 자신이 추구하는 자신만의 정체성과 스타일을 갖추는 것이다.

어릴 적 나는 성장 과정에서 절대로 아버지처럼 살지 않으리라 수도 없이 다짐했었다. 그러나 세월이 흘러 어느 날 문득, 아버지의 식성과 습관을 닮은 내 모습을 발견하고는 소스라치게 놀라지 않을 수 없었다. 삶의 아이러니를 새삼 반추하게 된다.

여행은 미지의 문밖으로 떠나는 길

여행의 목적은 뭐니 뭐니해도 일상 탈출이다. 일상이 무료하거나 고달프다고 느껴질 때 어디론가 훌쩍 떠나는 게 여행이다. 그 목적 또한 다양하다. 어떤 이는 휴식과 재충전을 위해서, 또 어떤 이는 모험과 새로운 경험을 위해서, 타문화와 예술을 탐닉하기 위해서, 책에서 보았던 것들을 직접 보기 위해서, 자신의 외국어 실력을 테스트해보기 위해서 등등의 여러 이유가 차고 넘친다.

굳이 공통점을 찾아내자면 '틀에 박힌 일상과 무료한 자기 인생에 새로운 변화의 계기를 만들고자 하는 것'으로 정리할 수 있다. 나는 이것을 '홀가분한 자유의지 활동'이라고 정의한다. 여행의 궁극적 목적이자 가장 큰 매력은 자유로움을 추구하는 것이다. 독일의 대문호 괴테는 "바다로 출항하는 것에는 위험이 뒤따른다. 그러나 출항하지 않으면 기회도 없다"라고 설파했다. 삶도 마찬가지다. 한자리에 마냥 머물러 있으면 안전한 삶을 살 수는 있다. 하지만 그것이 무슨 의미가 있을까?

평소 우리는 자유를 만끽하면서 사는 것 같지만 그렇지 않다. 실상은 많은 규칙과 규율, 사회적 제약 속에서 부자유한 삶을 살고 있다. 이를테면 잠자리에서 일어나 일과를 마치고 다시 잠자리에 들 때까지 자신의 순수한 자유의지로만 움직일 수 있는 시간은 얼마 되지 않는다. 심지어 지인과의 식사 때 메뉴를 정하는 일조차도 고민을 거듭하는 게 현실이다. 그렇다면 진정한 '홀가분한 자유의지 활동'은 언제, 어느 때 발현될까? 그것은 바로 여행을 통해서다. 두말할 것도 없이 여행은 자신의 몸에서 아드레날린과 세로토닌 호르몬 등을 분출시키며 흥분과 설렘, 동기부여를 한다. 그럼으로써 아무런 간섭 없이 자유를 맘껏 누릴 수 있는 흔치 않은 기회를 제공한다.

누구나 똑같은 경험을 했을 것이다. 나는 학창시절, 소풍 전날 밤에 흥분과 설렘으로 잠을 설쳤던 기억이 있다. 혹시 다음 날 아침, 비가 와서 소풍이 취소되지나 않을지, 소풍에서 누가 어떤 장기자랑을 선보일지, 보물찾기에서는 몇 개나 찾아낼지 등등을 상상하며 밤새 전전반측輾轉反側했다.

하지만 여행은 그것과는 비교할 수 없을 정도의 큰 흥분과 설렘을 제공한다. 미지의 세계에 대한 궁금증과 거기서 벌어질 새로운 경험들에 대한 기대감을 한껏 불러일으키기 때문이다. 그것이 바로 여행이 주는 묘미이자 크나큰 즐거움이다. 그래서 여행은 순수하고 아름다운 삶의 찬가다.

여행은 시간과 비용, 고생을 담보로 투자한 만큼의 소득을 얻지 못하고 계획대로 잘되지 않았다 해도 실망하지 않는다. 오로지 자기 자신만을 위해 시간과 비용을 투자하는 이기적 행위로 금전으로 따질 수 없는 가치를 제공하기 때문이다. 개인적 경험에 비추어볼 때도 가치를 추구하는 여행일수록 타산이 안 맞는다. 비용적 측면에서 여행은 손해보는 노릇이다.

그런데도 우리는 틈만 나면 여행을 떠나고 싶어한다. 왜일까? 우리 핏속에 노마드(프랑스 철학자이자 작가인 질 들뢰즈에 의해 철학적 의미를 부여받은 말로, 특정한 가치와 삶의 방식에 얽매이지 않고 끊임없이 자기 자신을 바꾸어나가며 창조적으로 사는 인간형. 또는 여러 학문과 지식의 분야를 넘나들며 새로운 앎을 모색하는 인간형을 이르는 말) DNA가 면면이 살아 꿈틀거리고 있기 때문이다. 먼 옛날 우리 조상들이 더 좋은 기후와 환경, 기름진 땅을 찾아 헤맸듯이, 우리는 너나없이 늘 현재보다 더 나은 삶을 꿈꾸며 살아가고 있다.

날이 갈수록 공항마다 여행자들로 북새통을 이룬다. 무엇보다도 경제적 풍요가 뒷받침되기 때문이지만 그만큼 사람들이 삶에서 헛헛함을 느끼고 있다는 방증이다. 이처럼 일상 탈출과 정신적 해방을 추구하는 여행은 강퍅한 삶을 윤택하게 만드는 가장 순정한 자유의지 활동이다.

인생은 미처 생각지 못했던 낯선 상황을 극복하거나 상황에 적응하거나 둘 중의 하나다. 만일 자신이 처한 상황이 싫다면 빠져나가면 되고 좋다면 머무는 것이다. 부득이하게 그 상황이 싫어도 머물러야만 할 때가 있다. 인생이 뜻대로만 되지 않는다는 걸 깨달은 사람들은 알리라. 그것은 오직 자기 자신의 선택 여하에 달렸다는 걸.

자기가 처한 현재를 벗어나는 최선책이 여행일 수는 없다. 하지만 여행은 현실을 벗어나 물리적으로 먼발치에서 자신의 위치와 상황을 냉정히 바라볼 기회는 된다. 그때 의외로 좋은 아이디어가 떠오르거나 좀 더 객관적인 판단을 할 수도 있다. 그래서 여행은 삶의 자극제이자 활력소이며 정신의 윤활제다.

브라질의 세계적 작가 파울로 코엘료는 자전적 장편소설 『알레프』에서 "여행은 돈의 문제가 아니라 용기의 문제다. (중략) 산다는 것은 경험하는 것이지 삶의 의미에 대해 생각하고 있는 것이 아니다. 무지개를 보고 싶은 자는 비를 즐기는 법을 배워야 한다. (중략) 그저 가만히 머물러 있다면 결코 새로운 세상을 만날 수 없다. 인생 최고의 날을 맞이하기 위해서는 항상 한 걸음의 전진이 필요하다. 별것 아닌 것처럼 보이는 작은 걸음으로도 우리가 마주할 내일이 달라질 수 있다"라고 역설한다.

여행은 미지의 세계로 떠나는 길이다. 일단 현관문을 열어야 집을 나설 수 있다. 집을 떠나봐야 집과 가족의 소중함을 새삼 깨닫게 된다. 여행을 통해 만나는 낯선 풍경과 사람들 속에서 오롯이 자신의 정체성과 존재감을 가늠해보는 기회로 삼는다면 남은 생이 훨씬 더 풍요로워질 수 있다.

언제까지 분노와 회한을 곱씹으며 부질없는 영광을 꿈꾸다가 늙어죽을 것인가. 자기 연민으로부터 벗어나지 않는 한, 마음의 평화를 누리기는 어렵다. 누군가 "배는 항구에 있을 때 가장 안전하다. 그러나 그것이 배의 존재 이유가 아니다"라고 일갈했다. 머뭇거리지 말고 지금 바로 떠나라! 부딪쳐라! 어떻게든 해결하라! 그리고 돌아와, 다시 꿈꾸라!

국뽕에 취한 날

인생의 황혼녘이라서 그럴까. 지난 시절을 떠올리며 추억에 잠길 때가 있다. 혹여 꼰대라는 소리를 들을까봐 살짝 염려되는 것도 사실이다. 하지만 작심하고 '라떼 토크'를 하나 해야겠다.

나는 1960년대 중반 강원도 최전방 신철원초등학교에 입학했다. 당시 학교에서는 전교생을 대상으로 점심때마다 멀건 옥수수죽을 배식했다. 가끔 딱딱한 전지분유 덩어리도 한 움큼씩 나눠주곤 했다. 그것을 간식으로 깨물어 먹거나 집에 가지고 갔다. 그러면 어머니는 밥솥에 앉혀 쪄주시곤 했다. 너나없이 배고프고 가난하던 시절이다.

3학년이 되어서는 부친 직장을 따라 첩첩산중 광산촌인 정선군 신동면 소재의 함백초등학교로 전학을 갔다. 그곳에서는 죽 대신 옥수수빵을 배급받았다. 요즘의 계란빵 모양이었다. 처음엔 호기심에 빵을 먹느라 정신이 없었다. 그러나 차츰 그 맛에 싫증을 느꼈다. 하굣길에 친구들과 어울려 사먹는 10원에 스무 개짜리 풀빵 맛이 더 좋았기 때문이다.

　어느 날부터는 옥수수빵을 먹지 않았다. 가방에 그대로 욱여넣어 집에 가져갔다. 어머니는 빵들을 여러 조각으로 작게 잘라 햇볕에 말리셨다. 그러고 바싹 마른 빵조각을 기름에 튀겨 설탕을 뿌려주셨다. 그 맛이 '러스크rusk'(빵을 얇게 썰어서 버터와 설탕을 발라 구운 과자)처럼 일품이었다. 그러나 초등학교 6학년에 올라가면서 춘천 소재 봉의초등학교로 전학을 갔다. 그 뒤로 다시는 옥수수빵을 구경하지 못했다.

　세월이 한참 흐른 뒤, 어릴 적 학교에서 먹던 그 옥수수죽과 빵이 바로 미국으로부터 받은 무상원조라는 걸 알았다. 바로 '480잉여농산물'이었다. 당시 옥수숫가루와 밀가루가 들어 있던 마분지 포대 겉면에는 '미국 국민이 기증한 옥수수(밀)로 제분됨'이란 문구 밑에 성조기를 상징하는 별 4개와 줄무늬가 인쇄되어 있었다. 또한 방패 모양의 로고 가운데 악수로 맞잡은 두 손도 새겨져 있었다. 맨 아랫부분엔 '팔거나 다른 물건과 바꾸지 말 것'이란 경고문까지 적혀 있었다. 나와 같은 시골 출신의 베이비붐 세대라면 누구나 공유할 수 있는 기억이리라.

　우리 세대 이전은 일제강점기와 한국전쟁을 치르며 가난을 숙명처럼 여기며 살아왔다. 휴전 후 해외로부터 무상원조를 받은 부모 세대는 허리띠를 졸라매야만 했다. 그리고 피땀 흘려 산업화에 성공했다. 덕분에 우리 세대는 피로써 민주화를 이뤄냈다.

●

올 봄에 열린 한미정상회담을 보며 만감이 교차했다. 무엇보다도 42년 만에 최대 사거리 800㎞로 제한되어 있던 미사일 지침을 완전 해제하기로 합의했다는 소식에 기쁨을 감출 수 없었다. 바야흐로 '미사일 주권'을 회복한 것이다. 이제 우리 기술로 만든 발사체로 군사대국들의 전유물이었던 ICBM(대륙간탄도탄)과 SLBM(잠수함발사탄도미사일)도 만들 수 있다. 더 나아가 달과 화성도 탐사할 수 있는 우주 강국의 길이 열린 셈이다. 그리고 최근 뉴스에서 우리 기술로 건조한 최신형 3000톤급 해군 잠수함 '도산안창호함'에서 세계에서 7번째로 쏘아 올리는 SLBM 수중발사 동영상을 보며 홀로 눈시울을 붉혔다.

나는 군복무시절 155㎜ 곡사포 포대 전포대장으로서 '한미합동핵투발훈련NST'에 두 차례 참가한 경험이 있다. 유사시 북한군에 전술핵 탄을 쏘기 위한 모의훈련이었다. 황금색 모의탄은 소수의 미군에 의해 헬기로 운반되었다. 곧이어 우리 포의 사격제원을 확인하고 포탄을 약실에 장전하기까지의 전 과정이 미군 측 통제관에 의해 철저히 통제되었다. 단순 현장 사격지휘 임무를 맡은 나로서는 곁에서 마냥 부러운 눈으로 지켜볼 수밖에 없었다.

매번 한국군은 병력과 장비를 제공하고 몸으로 때우는 일만 했다. 보병에게는 사주경계를 담당하게 했다. 포병에게는 발사 공이를 당기는 단순한 임무만을 허락했다. 40여 년 전의 일이지만 무척 자존심이 상하고 자괴감이 들었다. 그나마도 노태우정부 시절 미국은 남한에서 모든 전술핵을 철수했다.

또 한미정상 간에는 '코비드19 백신 파트너십' 관계를 맺었다. 우리나라를 허브 생산기지로 활용하기로 했다. 게다가 우리 4대 기업이 미국에 첨단 반도체와 배터리, 전기차 분야의 공장을 짓는 데 무려 44조 원이라는 거액을 투자하기로 했다. 격세지감이다. 우리에게 잉여농산물을 유무상 원조하던 초일류 강대국 미국에 말이다. 이것은 어디까지나 우리의 커진 국력과 외교력의 결과다.

종전 후 우리나라는 최빈국으로서 해외 무상원조를 받아 연명했다. 그러나 폐허 속에서 단기간에 눈부신 압축경제 성장을 이뤄냈다. 쓰레기통 속에서 장미꽃을 피운 셈이다. 그 부작용으로 IMF(국제통화기금)에 의해 국가부도 위기 직전까지 내몰렸었다. 그런 파란과 질곡을 넘어 당당히 해외 투자와 원조를 하는 나라가 되었다. '한강의 기적'이라 부를 만하다.

어릴 때는 수제비가 너무 싫었다. 너무 자주 먹었기 때문이다. 지금은 가끔 그 맛이 그리울 때가 있다. 요즘은 어른과 아이 할 거 없이 치킨과 햄버거, 피자를 좋아한다. 주말 저녁마다 프랜차이즈점 전화통에 불이 날 지경이라고 한다. 그만큼 우리의 살림살이가 풍요롭고 넉넉해졌다는 증거다. 누구의 말마따나 어느 날 눈떠보니 선진국이 되어 있는 것이다.

2021년의 대한민국은 '완전한 민주국가' 23위, 국가경쟁력 23위, 언론자유지수 역대 최대, 블룸버그 혁신지수 세계 1위, OECD 국가

중에서 코로나19 확산을 잘 막아 피해가 적은 나라다. 경제적 측면에서는 무디스 국가신용 평가 1등급, 외환 보유액 역대 최다, KOSPI 지수 3300 돌파, 국가부도 위험 최저, 경상수지 연속 흑자, 3050클럽 7번째 가입국, 1인당 GDP 기준으로 G7의 하나인 이탈리아를 추월한 경제 규모 세계 10위, 군사력에서도 세계 6위에 랭크되어 있다. 게다가 1945년 이후 독립한 신생국가 중 유일하게 해외 원조를 받던 나라에서 세계에서 10번째로 해외에 식량공여를 많이 하는 나라가 됐다. 또 얼마 전 영국에서 개최된 G7 정상회의에 우리나라 대통령이 2년 연속 초청을 받았다.

그로부터 한 달여 뒤 유엔무역개발회의UNCTAD가 우리나라를 개발도상국에서 32번째 선진국 그룹으로 지위를 격상시켰다. UNCTAD 설립 이래 최초의 일이라고 한다. 1907년 네덜란드 헤이그 만국평화회의에서 고종 황제의 밀사들이 문전박대를 당했던 것과 비교하면 실로 달라진 위상을 절감한다. 더욱이 한때 우리의 목을 옥죄던 국제통화기금IMF이 우리나라를 스페인, 오스트레일리아와 함께 G10 국가로 인정하고 있다는 사실에 놀라지 않을 수 없다.

국뽕에 흠뻑 취하는 날이다. 주위를 둘러보면 코로나19로 곳곳에서 한숨소리가 들려온다. 혹여 미국 잉여농산물로 주린 배를 달랬던 사람들이라면 지금의 상황은 한가한 비명이라 생각할 수도 있다. 자긍심을 갖고 이 코로나19 시국을 조금만 더 견뎌보자. 머지않아 좋은 날이 올 거라 확신한다.

●

코비드19 백신 대소동

지구촌이 두 해째 코로나 팬데믹으로 야단법석이다. 날마다 쏟아져나오는 확진자 상황과 더불어 각국의 백신 접종률, 백신 부작용 뉴스가 신물이 날 지경으로 차고 넘친다. 부인할 수 없는 엄연한 현실이다.

6월 초순, 마침내 나에게도 백신 1차 접종의 기회가 왔다. 어느덧 만 60세 이상 고령자군에 포함된 덕분이었다. 한데 날마다 유튜브를 통해 가짜 뉴스들이 판을 친다. 간간이 들려오는 부작용 사례들이 심기를 어지럽힌다. 하지만 개인적으로는 설레고 기다려졌던 게 사실이다.

전 세계가 공황상태다. 다행히 바이오 분야의 눈부신 발전에 따라 선도적으로 미국과 영국, 중국과 러시아 등이 최단기간 내에 백신을 개발했다. 다소 숨통이 트인 느낌이다. 하지만 통상적으로 10년 이상 걸리는 백신 개발 기간을 1년 내로 단축하다보니 그에 대한

●

불신과 부작용도 만만치가 않다.

게다가 백신을 무기 삼아 신흥국과 후진국들에 대한 영향력을 강화하려는 강대국들이 속셈을 내비칠 때마다 입맛이 쓰다. 두말할 것도 없이 모든 백신은 인류의 공공재가 되어야 한다. 물론 그것을 개발한 제약사의 특허권과 지적 재산권을 일정 기간 보호할 필요가 있다. 무엇보다도 생명 제일 존중이라는 차원에서 인종과 국가 간의 구분은 무의미하다. 진정한 휴머니즘은 어려울 때 서로 돕고 연대하는 것이다.

아무튼, 지금까지의 결과를 놓고 보더라도 분명한 것은 백신 접종으로 인한 이득이 손실보다 크다. 다만 백신 보급 과정을 보며 안타까운 점은 선진국과 후진국, 부국과 빈국 간의 양극화 현상이 너무도 극명하게 드러난다는 것이다. 결국, 그 나라의 국력과 경제력, 외교력에 따라 백신 보급도 천양지차로 이루어지고 있다. 우리나라의 경우 초기 백신 확보가 늦어진 바람에 정부는 국민과 언론으로부터 엄청난 질타를 받았다. 결과적으로는 세계에서 아홉 번째로 많은 백신을 확보했다. 관건은 더 빠른 접종 속도와 조기 집단면역 달성이다. 다행히 추석 전 백신 1차 접종률이 71%, 2차 접종률이 43%에 이른다. 지금과 같은 추세라면 정부의 연간 목표달성도 무난해 보인다. 열성적인 국민 참여 덕분이다.

이처럼 전 세계적으로 백신 접종이 본격화됐음에도 불구하고 일부에서는 우울한 전망이 나온다. 애초 인구의 70%가 백신 접종을 완료하면 집단면역에 도달할 것이라 예상했다. 다른 한편으로는 앞으로 코로나19 바이러스는 변이를 거듭하며 토착화될 것이므로 팬데믹 종식이나 집단면역 달성은 어렵다는 비관적 전망을 한다. 실제로 새로운 변이 바이러스인 델타와 람다 형形이 출현해 무서운 속도로 감염을 확산시키고 있다. 설상가상으로 백신 접종을 마친 사람들에게까지 돌파 감염을 일으키고 있다.

매년 가을부터 독감 백신을 맞고 있듯이 결국 우리는 코로나19와 함께 살아야 한다. 최근 보건복지부의 '위드 코로나with corona'(일상 속 코로나)로의 전환 시기를 묻는 대국민 인식조사 결과에서도 국민의 73.3%가 2차 접종이 완료되는 11월 말께가 적당하다고 응답했다. 이제는 정부도 경제적 사회적 손실을 최소화하는 것에 방역의 초점을 맞춰야 한다. 설령 국가 전체가 집단면역에 도달하지 못하더라도 개인의 면역력과 위험도에 따라 마스크를 벗거나 거리두기를 완화하는 더 새롭고 디테일한 가이드라인을 내놓을 필요가 있다.

아울러 가짜 뉴스를 법으로 강제할 필요가 있다. 초기엔 일부 '프로보커터provocateur'(도발하는 사람)들이 백신 속에 마이크로칩을 넣어 인류 전체를 조종 지배하려는 거대한 음모가 숨어 있다고 매우 황당한 선동을 했다. 정작 백신이 각국으로 널리 보급되는 지금에 와서는 가뭄에 콩 나듯이 나오는 백신 부작용 기사를 일부 유튜버와 SNS를 통해 마구 퍼나르며 가짜 뉴스를 확대재생산하고 있다. 또 그런 황당한 얘기들을 받아쓰기하듯 남발하는 저급한 수준의 언론이 더 큰 문제다. 내외신 기사를 아무런 팩트 체크도 없이 무작위로 퍼나르는 것도 모자라 명확한 인과관계가 밝혀지지도 않은 부작용 사례들을 침소봉대하며 대중의 불안감을 극도로 조장하기 때문이다.

전문가의 말에 따르면 우리 사회에서 가장 뜨거운 감자인 아스트라제네카 백신을 맞고 혈전 문제가 생길 수 있는 확률이 0.00019%라고 한다. 가령 담배 한 개비를 피우면 혈전이 발생할 확률이 0.16%이고, 살다가 벼락 맞을 확률은 0.0002%라고 한다. 만일 코로나19 바이러스에 감염되면 혈전이 발생할 확률은 16.5%로 급격히 높아진다고 한다. 아스트라제네카 백신 접종의 위험과는 비교할수도 없는 수치다. 하루라도 빨리 백신을 맞는 게 상책이다. 그렇게 함으로써 우리 인체가 스스로 코로나바이러스에 대한 항체를 기르고 면역력을 높이게 하는 것이다.

나는 사전에 인터넷으로 백신 접종 예약을 해두었다. 마침내 집에서 가까운 동네 의원에서 떨리는 마음으로 아스트라제네카 백신 접종을 받았다. 개인적으로 매년 늦가을 독감 백신을 맞아왔던 터라 전혀 낯설지 않은 풍경이었다. 솔직히 그동안 귀에 딱지가 앉을 정도로 들어온 백신 뉴스에 약간의 불안 심리 기제가 작동한 것도 사실이다. 그러나 단 3초 만에 끝나버린 백신 접종 주사는 독감 백신 접종 때와 별다른 차이를 느끼지 못했다. 그로부터 11주를 지나 8월말에 2차 접종까지 마쳤다. 다행히 두 번 다 아무런 이상 반응도

●

나타나지 않았다.

어찌 됐든 내게 이런 건강한 몸과 선천적 면역력을 물려주신 부모님께 새삼 감사하지 않을 수 없다. 상존하는 코로나19의 위험으로부터 하루라도 빨리 벗어나려면 현재는 백신 접종과 마스크 착용밖에 별다른 방도가 없다.

제5장

호모 스마트포니쿠스들에게

가소성可塑性이란 물체가 어떤 힘을 받아 형태가 바뀐 뒤, 그 힘을 없애도 본디 모양으로 돌아가지 않는 성질을 말한다. 인간의 두뇌도 생리 기능이 상황과 경험에 따라 적응한다는 이런 개념을 가리켜 '뇌 가소성'이라고 한다.

두뇌의 가소성은 나이가 들수록 감소한다. '뉴런neuron'(신경계를 구성하는 단위로 자극을 수용하고 전달하는 기능을 함)은 항상 새로운 자극들을 받아들인다. 동시에 새 신경세포들이 만들어지기 때문에 계속 유지된다. 다만 나쁜 자극이나 습관도 좋은 자극이나 습관만큼 빨리 새 뉴런에 자리를 잡게 됨으로써 뇌 가소성은 발전과 학습뿐만 아니라 각종 질환의 원인이 될 수도 있다는 데 주목할 필요가 있다.

다시 말해 뇌는 내용 면에서 어떤 방향으로도 변할 수 있는 '가능성의 장기'다. 가령 뇌에 좋은 습관을 반복해 숙지시키면 뇌는 좋은

●

197

방향으로 변한다. 반면에 나쁜 습관을 반복해 숙지시키면 뇌는 점점 더 나쁜 방향으로 변화한다. 이와 관련해 "당신의 두뇌는 고정되지 않았다. 두뇌는 연습으로 단련하는 근육과 같아서 열심히 노력하면 더 똑똑해진다. 당신이 과거에 습득한 기술이나 능력을 생각해보라. 그리고 그 능력을 익히는 데 연습이 얼마나 중요했는지 생각해보라. 어떤 것도 단시간에 완전히 익힐 수는 없으니 절대 포기하지 마라!"는 미국 스탠퍼드대학교의 캐롤 드웩 교수가 한 말을 음미해볼 필요가 있다. 결론적으로 좋은 습관을 지니기 위해서 꾸준히 노력하면 뇌는 얼마든지 좋게 변화시킬 수 있다는 것이다.

하루에도 스마트폰을 통해 수많은 정보가 물밀듯이 쏟아져 들어온다. '호모 스마트포니쿠스Homo Smartphonicus'(스마트폰을 사용하는 인간)들을 대상으로 한 연구를 보면 놀라운 사실을 알 수 있다. 손에서 스마트폰을 놓지 않는 뇌에 쉴 기회를 주지 않으면 주의력뿐만 아니라 인지력에도 악영향을 끼치는 것으로 나타났다.

잘 알다시피 뇌는 쉴 동안에 정보를 처리한다. 경험과 정보를 연결하는 등의 인지 작업을 한다. 이때 명상은 뇌를 좋은 방향으로 변화시킨다. 시쳇말로 '멍을 때릴 때' 좋은 아이디어들이 떠오른다. 한데 스마트폰은 우리의 주의력과 인지력을 떨어뜨려 창조적 작업을 방해하는 요소다. 결과적으로 스마트폰은 매우 유용하고 편리한 도구지만 사용에 주의가 필요하다는 것이다.

무엇보다도 호모 스마트포니쿠스들에게는 명상이 절대적으로 필요하다. '검색에서 사색으로'의 패러다임의 대전환이 시급하다. 사색하지 않는 뇌는 금방 녹슬기 때문이다. 넘쳐나는 정보를 찾아 읽고 보는 거로 만족하는 단순 반복 행위는 뇌에 결코 아무런 도움이 안 된다. 따라서 사고의 근육량을 늘리기 위해선 사색의 넓이와 깊이를 함께 지향해야 한다. 뇌를 지금보다 건강하게 만드는 것이야 말로 뇌섹남 뇌섹녀가 되는 지름길이다.

사람의 뇌 속에 들어온 정보를 긍정적으로 처리하면 긍정적인 반응을 보인다. 부정적으로 처리하면 부정적인 반응을 불러온다. 실제로 정보의 사실 여부와 관계없이 뇌가 믿는 대로 반응하는 것이다. 몇 해 전 미국의 뇌 전문학자들의 연구 보고에 의하면 뇌세포 230억 개 중 98%는 말의 영향을 받는다고 한다. 의학계에서는 '뇌 속에 있는 언어 중추신경이 모든 신경계를 다스린다'는 학설을 바탕으로 언어치료법이 개발됐다고 한다.

이처럼 언어는 우리를 다스리는 능력을 갖추고 있다. 미국의 작가이자 유명 강사였던 데일 카네기도 "성공한 사람은 '없다', '잃어버렸다', '한계가 있다'라는 세 가지 말은 하지 않는다"라고 했다. 왜 긍정적인 언어습관이 성공을 불러오는가?라는 물음에 저자는 그 이유를 긍정의 말을 사용할수록 우리의 뇌는 긍정적인 메커니즘을 만들어낸다고 말한다. 이것은 자기 확신과 열정으로 이어진다. 결국, 구체적인 행동과 반복되는 습관이라는 연결고리를 만들어서 성공을 연쇄적으로 만들어낸다는 것이다.

한동안 보행명상으로 세계적 신드롬을 일으켰던 베트남 출신 틱 낫한 스님이 이끄는 영성 수행공동체인 '플럼 빌리지Plum Billage'(1982년 프랑스 남서부 보르도 지방에 설립)에서 일반 수행자들이 즐겨 암송하는 시가 있다.

'나는 이미 도착했다/ 나는 고향 집에 왔다/ 바로 여기 이곳에서/ 바로 지금 이 순간/ 나는 바위처럼 굳건하다/ 나는 바람처럼 자유롭다/ 궁극의 그곳 대 자유에/ 나는 언제나 거하노라'

보행명상을 할 때는 침묵으로써 호흡과 걸음에만 마음을 집중해야 한다. 특히 자연 속 보행명상은 자신이 지금 하늘과 햇볕과 바람과 대지가 만드는 생명의 축제 속에 존재하는 것을 온몸과 마음으로 느껴야 한다. 걸을 때는 오로지 걷는 것에만 집중함으로써 산책과 명상을 동시에 할 수 있다.

호모 스마트포니쿠스들에게 진지하게 묻고 싶다. 점점 더 '빅브라더Big Brother'(영국 작가 조지 오웰의 소설 『1984년』에 처음 등장한 말로, 정보의 독점을 통해 사회를 통제하는 권력을 뜻함)로 진화해가는 스마트폰의 노예로 살 것인가 아니면 인간의 자존감을 지키며 살 것인가? 이 식상한 질문에 대해서 심각하게 고민해야 할 시점이다.

호모 스마트포니쿠스들이 지금의 위기에서 벗어날 수 있는 길은 독서와 산책, 명상밖에 없다고 생각한다. 적어도 이 세 가지는 매일 시간을 정해놓고 꾸준히 실천하는 습관을 들이면 좋을 것 같다. 책을 읽음으로써 사색의 고갱이가 생긴다. 산책과 명상을 통해서는 심신의 안정과 정신적 수양을 쌓을 수 있다. 두 마리의 토끼를 한꺼번에 잡을 수 있는 비책이다.

'일체유심조一體唯心造'라고 했다. 불교 경전『화엄경』의 핵심사상을 이루는 말이다. 한마디로 '세상만사 마음먹기에 달려 있다'라는 뜻이다. 자신의 마음가짐에 따라서 모든 길흉화복이 결정된다는 경구다. 가슴에 꼭 담아둘 만하다.

붉음의 그림자

오래 전, 국내에서 발기부전치료제 '비○그라' 시판을 앞두고 의사, 약사, 제약사, 경쟁업체 등이 이전투구를 벌인 적이 있었다. 서로 이해관계가 첨예하게 얽히고설켜 각계의 반발이 컸다. 식품의약품안전처는 시판 허가를 차일피일 미룰 수밖에 없었다. 애먼 발기부전 환자들 속만 태웠다.

설상가상으로 의료계는 약을 먹은 70대 노인이 성관계 중 뇌졸중을 일으켰다며 부작용을 집중적으로 부각했다. 만일 약국에서 무제한으로 판매될 경우 의료계, 특히 비뇨기과 의사들의 입지가 좁아질 수밖에 없다는 이유에서였다. 경쟁업체들도 이구동성으로 안전성 문제에 시비를 걸면서 시장 진입을 가로막았다. 한마디로 '밥그릇 싸움'이었다.

급기야 대한약사회와 특허사인 한국화이자사가 미국 공화당의 대통령 후보였던 밥 돌 전 상원의원까지 초청해 약의 안전성을 홍

보하는 웃지 못할 코미디를 연출했다. 결국 경제정의실천시민연합(경실련)이 약의 시판 허가와 오남용 방지를 위한 중재에 나섰다. 이러한 우여곡절 끝에, 시중에 비○그라 판매가 시작됐다. 얼마 지나지 않아서는 보따리상들을 통해 중국에서 가짜 복제약들이 무더기로 쏟아져 들어왔다.

최근 서울 소재 모 대학 연구팀이 눈이 번쩍 뜨이는 논문을 내놓았다는 기사를 접했다. 지난 2018년 4월 21일부터 27일까지 서울 강북 중랑천과 강남 탄천에서 각각 하천수를 떠와 1주일간 성분 변화를 과학적 수치로 비교 분석한 것이었다. 제목은 '하천(천연수)에서 발기부전치료제 검출에 대한 하수 기여도'라는 주제의 논문으로 네이처 자매지『사이언티픽 리포트』에 실렸다고 한다.

이 연구를 주도한 모 교수는 처음에는 유흥업소에서 불법으로 발기부전치료제 등을 나눠준다는 뉴스를 보고 의아함을 느꼈다고 한다. 더군다나 비○그라 특허가 풀려 값싼 복제약들이 시중에서 대량으로 유통되며 유흥시설이 많은 강남에서 관련 성분이 많이 나올 거란 예상으로 조사에 나섰다고 한다. 결과는 놀랍게도 그의 예상을 크게 벗어나지 않았다. 그는 조사를 통해 하천에서 항생제 등 의약물질이 발견된 적은 있으나 발기부전치료제 성분이 나온 것을 최초로 확인한 셈이다.

서울 사람들은 참 찝찝하겠다. 식수원인 한강에서 영험한 발기부전치료제 성분들이 나왔다고 하니 말이다. 혹시 날마다 이 신박한

'아리수'(고구려 때 한강을 부르던 말로, 서울시가 2004년부터 수돗물의 이름으로 쓰고 있음)를 마신 남성들은 시도 때도 없이 발기되는 건 아닐까? 저절로 원만한 성생활에 도움이 되어 부부 금실들은 안 봐도 훤할 거라는 상상에 피식 웃음이 새어나왔다. 유흥과 접대로 흥청망청, 술꾼들이 휘청거리는 밤마다 따로 기적의 약을 사먹는 비용과 수고를 들이지 않아도 업소에서 공짜로 복제약들을 마구 뿌려댄 덕분이다.

흥미로운 점은 이른바 '해피 드러그Happy drug'(삶의 질을 향상시키는 약)라는 이름의 비○그라를 비롯하여 씨○리스, 레○트라 등의 주성분인 실데나필, 타다라필, 바데나필 등이 한강 지류인 강북 중랑천($62ng/\ell$)보다 강남 탄천($88ng/\ell$)에서 더 많이 검출됐다는 사실이다. 서민 동네를 굽이굽이 돌아 흐르는 중랑천보다 땅값 집값 비싼 부자 동네를 도도히 흐르는 탄천의 가치가 이렇게도 비교되니 입맛이 쓰다. 논리의 비약일지는 몰라도 확실히 인류 문명과 역사의 흥망성쇠는 강과 함께 그 궤를 같이한다는 실체적 진실에도 들어맞는 것 같다.

거나하게 취한 밤, 서비스 차원에서 내준 공짜 약들을 받아먹고 2차로 뿔뿔이 흩어지거나 삼삼오오 불고기(?)를 먹기 위해서 뿌려진 지폐와 수표, 카드값과 땀의 양은 또 얼마나 될까? 두 지역 모두 주말에 측정한 농도가 주중보다 높았다. 특히 불금(불타는 금요일) 밤에 가장 높은 것으로 나타났다. 불타는 밤들의 흥분과 광기를 가히 짐작할 만하다. 이것은 분명 복용한 사람의 대소변을 통해 나온 성분일 거라는 합리적 추론이 가능하다. 오직 순간의 쾌락을 위해 경쟁하듯 먹고, 죽어라 피스톤 운동을 하고, 마지막으로 싸지른 배설물이자 욕망의 찌꺼기다.

더 심각한 문제는 현재의 하수처리 시설로는 이런 성분들을 걸러내지 못한다는 점이다. 과거에 없던 성분이 배출된다는 건 그것이 어떤 식으로 환경 교란과 서식지 파괴 등의 피해를 일으킬지 알 수 없기에 불안하다. 철저한 조사와 빠른 대처가 필요하다.

또한, 현실적으로 복제약들의 불법유통을 차단하는 것은 어렵더라도 하수처리장에 이런 성분들을 걸러낼 수 있는 시설을 설치해야 한다는 전문가의 충고를 당국은 귀담아들어야 한다. 저간의 사정이 이러하니 적어도 위기의식을 갖고 체계적으로 대응전략을 짜야 하는 것만큼은 분명하다.

모르긴 몰라도 날마다 벌어지는 이 지상의 광란 덕분에 한강에 빌붙어사는 수컷이란 수컷들도 죄다 활개를 칠 테다. 그 바람에 물속 또한 밤낮없이 교성으로 가득할지 모른다. 만약 이를 그대로 내버려두면 한강 생태계 교란으로 인해 가까운 날에 봉준호 감독의 영화 〈괴물〉 같은 상황이 서울 시민들의 눈앞에서 벌어지지 말란 법이 없다. 상상만으로도 끔찍한 일이 아닐 수 없다. 그렇다면 과연 여타의 광역시와 중소도시의 하천 상황들은 어떨까? 고개가 갸웃거려진다.

●

문득 서울 사람들의 생각이 궁금해진다. 자고 일어나면 아파트값이 몇 억씩 오르고 도로마다 멋진 슈퍼카들이 굉음을 내며 달려간다. 마시는 물에도 '해피 드러그' 성분이 들어 있다. 어디 그뿐인가. 좋은 대학과 좋은 직장, 문화예술 인프라가 몰려 있다. 부와 권력과 명예를 쫓아 전국의 인재들이 벌떼처럼 몰려든다. 과연 그 기막힌 정글에서 산다는 게 복받은 일일까. 언뜻 170여 년 전의 카를 마르크스와 프리드리히 엥겔스의 고민이 읽히는 건 왜일까?

배설의 시대

가히 배설의 시대다. 말과 글의 홍수가 넘쳐난다. 서로가 손에서 스마트폰을 들고 쏟아내는 말과 문자메시지로 숨이 막힐 지경이다. 심지어 가족 간의 대화도 SNS로 통하는 세상이다. 전 지구적으로 거리에 상관없이 실시간으로 사람들 사이에 소통이 이루어지고 있다. 그로 인해 상호관계가 원활해진 측면이 있는 건 사실이다. 그러면 서로 간에 불화나 오해가 없어졌는가? 이전보다 모든 관계가 더 좋아졌는가?란 질문에는 답하기가 곤란하다.

인간사란 인연과 절연이 반복되는 순환구조다. 그것에 절대적 매개체 역할을 하는 게 말과 글이다. 그것으로 천 냥 빚을 갚기도 한다. 무심코 던진 말 한마디 때문에 설화舌禍를 입는다. 또는 단 몇 줄의 글 때문에 필화筆禍를 겪는 일도 허다하다. 다시 말하면 말과 글을 어떻게 뱉어내고 쓰느냐에 따라서 사람 사이의 인연이 더 돈독해지거나 다시는 상종하고 싶지 않은 철천지 원수지간이 될 수도 있다. 그만큼 말과 글의 중요성은 아무리 강조해도 지나치지 않다.

『주역周易』에는 '서불진언書不盡言 언불진의言不盡意'란 구절이 나온다. 즉 글은 말을 다 하지 못하고, 말은 뜻(마음)을 다하지 못한다. 이처럼 글은 말로 전하는 것보다 못하다는 의미다. 또 말은 마음을 제대로 다 표현하는 데 한계가 있음을 지적한다. 『장자莊子』에도 중국 춘추시대 제나라 환공과 늙은, 수레 장인과의 대화로 이루어진 우화가 나온다. 이야기의 핵심은 진리는 말로 다 담을 수 없다는 것이다. 사람의 마음 역시 말로 다 표현할 수 없다는 언어의 근본적 한계를 날카롭게 지적한 우화다.

자고로 글은 말을 문자로 옮긴 것이다. 말은 마음속의 뜻을 소리로 표현한 것이다. 생각이란 것도 따지고 보면 오랜 시간에 걸쳐 축적된 개인의 다양한 경험을 토대로 생성된다. 마음속 생각은 전체의 한 부분에 불과할 뿐이다. 말이나 글은 그러한 마음의 변화무쌍함을 충분히 전할 수 없다는 한계가 있다. 그러므로 최고 경지의 도道와 진리는 애초부터 말이나 글로 전하기 어렵다는 결론에 이른다.

독일의 철학자 하이데거는 '언어는 존재의 집'이라고 했다. 그런데 넘쳐나는 말과 글이 우리의 존재 자체를 무시로 흔들고 있다. 이처럼 언어와 정보를 전달하는 문명의 이기로 스마트폰이 사람들에게 끼친 영향은 실로 지대하다 못해 상상을 초월할 정도다. 코로나 팬데믹으로 인한 비대면 시대를 맞이해 스마트폰의 위력을 더욱더 절감하고 있다. SNS나 영상통화를 통해 직접 대면의 갈증을 어느 정도 해소하고 있다. 현실이 그렇다보니 사람 사이의 관계를 잇는 가장 중요한 요소는 무엇보다도 서로에 대한 기다림과 인내심이다. 이것이 깨지는 순간 관계도 끝장난다.

　가령 자신이 보낸 문자를 상대방이 아예 읽지 않거나 읽었음에도 가타부타 응답이 없을 때 우리는 기분이 언짢아진다. 상대방을 의심하기 시작한다. 그런 과정이 점점 누적되다보면 자연스레 관계가 멀어지고 끊어지는 경우가 심심찮게 발생한다. 기다림과 인내심은 자기 자신을 돌아보게 할 뿐만 아니라 상대방에 대한 시야를 넓혀주는 기회를 제공한다. 시인 황지우는 「너를 기다리는 동안」이란 시에서

'네가 오기로 한 그 자리에/ 내가 미리 가 너를 기다리는 동안/ 다가오는 모든 발자국은/ 내 가슴에 쿵쿵거린다/ 바스락거리는 나뭇잎 하나도 다 내게 온다/ 기다려본 적이 있는 사람은 안다/ 세상에서 기다리는 일처럼 가슴 애리는 일 있을까/ 네가 오기로 한 그 자리, 내가 미리 와 있는 이곳에서/ 문을 열고 들어오는 모든 사람이/ 너였다가/ 너였다가, 너일 것이었다가/ 다시 문이 닫힌다/ 사랑하는 이여/ 오지 않는 너를 기다리며/ 마침내 나는 너에게 간다/ 아주 먼 데서 나는 너에게 가고/ 아주 오랜 세월을 다하여 너는 지금 오고 있다/ 아주 먼 데서 지금도 천천히 오고 있는 너를/ 너를 기다리는 동안 나도 가고 있다/ 남들이 열고 들어오는 문을 통해/ 내 가슴

●

209

에 쿵쿵거리는 모든 발자국 따라/ 너를 기다리는 동안 나는 너에게
가고 있다'

라고 토로한다. 기다림이란 그만큼 지루하고 고통스러운 일이다.
조급해하거나 성내지 않고 상대방을 차분히 기다려주는 마음! 그것
이 진정 아름다운 사람의 모습이다.

그 어느 때보다도 기다림과 인내심이 요구되는 시절이다. 모든
국민이 백신 접종을 받아 하루빨리 집단면역이 달성되길 기다린다.
하루하루 인내의 시간을 보내며, 얼굴에서 지긋지긋한 마스크를 벗
어버릴 날만을 손꼽아 기다리고 있다. 그리돼야 아무 때나 사람들
을 자유롭게 만나 마음껏 웃고 떠들며 코로나19 이전의 일상을 회
복할 수 있기 때문이다.

지금은 모두가 지칠 대로 지쳐 있다. 플라톤이 『향연』에서 "인간
의 본래 상태가 둘로 나뉘었기 때문에 그 나누어진 각각은 자기 자
신의 또 다른 반쪽을 갈망하면서 그것과의 합일을 원하게 되었다
네. 그래서 그들은 팔로 상대방을 껴안고 서로 얼싸안으며 한몸이
되기를 원하고, 상대방 없이는 아무것도 하려 하지 않아서 굶주림
또는 무기력으로 죽을 지경에 이르렀다네. 그래서 우리는 그 하나
가 되고자 하는 욕망과 노력을 사랑이라는 이름으로 부르게 된 것
이라네. 반복하건대 확실히 전에는 우리가 하나였다네!"라고 설파
했다. 인간은 본능적이고 원초적이다. 작금의 코로나19 팬데믹을

통해서 인간은 하나의 연대를 끊임없이 열망하는 존재들임을 거듭 확인하고 있는 셈이다.

될 수 있는 대로 말과 글의 배설을 자제할 필요가 있다. 인간은 고독의 동굴 속에 혼자 있을 때 비로소 참 자아를 만날 수 있다. 현실에서 사람들은 자기의 존재감을 드러내기 위해 SNS에 소소한 자랑을 일삼는다. 아울러 자신의 푸념과 넋두리를 늘어놓는 데에도 열중한다. 그걸로도 모자라 남의 잘못을 지적하는 일에도 물불을 가리지 않는다.

이럴 때일수록 침잠의 시간과 깊은 성찰을 통해 자신의 영성靈性을 한 단계 성숙시키고 타인에 대한 이해와 관용의 정신을 함양하는 기회로 승화시킬 필요가 있다. 나는 이것이 포스트코로나 시대를 준비하는 합리적 태도와 자세라고 생각한다. 역경을 극복하고 나면 큰 기쁨이 따르게 되어 있다. 적당한 결핍과 갈증은 삶을 움직이게 하는 추동력이 된다. 지금은 우리 모두 인내하며 차분히 기다려야 하는 시간이다.

신新 등골브레이커

운동화가 무척 귀한 시절이 있었다. 초등학교에 다닐 무렵, 나를 포함해 전교생 절반 이상의 아이들이 검정 고무신이나 흰 고무신을 신고 다녔다. 당시에는 운동화라고 해봐야 검은색이나 흰색 천으로 만들어진 게 대부분이었다. 촌스럽기 그지없는 운동화들이었다.

아무튼, 새 운동화 한 켤레를 사기 위해선 몇 날 며칠 어머니를 졸라야만 했다. 마침내 벼르고 벼르다가 신발을 사러가면, 가게 주인은 "손님, 아드님이 몇 문을 신나요?"라며 나의 발 치수를 물었다. 그러면 어머니는 "8문 반으로 주세요"라고 응답했다. 요즘처럼 신발 크기를 '밀리미터㎜'가 아니라 '문文'이란 단위를 쓸 때다. '1문'은 약 2.4㎝ 길이에 해당한다. 하루가 다르게 성장하는 발 탓에 신발은 실제 발 크기보다 항상 반 치수가 더 큰 것으로 신겨졌다. 양친의 경우는 공교롭게도 발 크기가 똑같아 10문 반을 신으셨던 거로 기억한다.

●

어렵사리 새 운동화를 얻어 신으면 금세 하늘로 날아오를 것만 같은 기분이었다. 몸과 마음이 새털처럼 가볍게 느껴졌다. 다음날 학교로 향하는 발걸음은 마치 구름 위를 걷는 듯했다. 한술 더 떠 아이들의 시선이 온통 내 운동화에만 쏠리는 착각을 불러일으켰다. 그만큼 새 신발이 주는 감동은 언제나 크고 감격스러웠다. 요즘처럼 초국적 브랜드 신발이 넘쳐나는 시대에는 느낄 수 없는 애틋한 추억이다. 훗날 내 발은 275㎜까지 자라났다. 11문 반을 신으면 안성맞춤으로 편했다.

내 기억 속의 1960~70년대에는 토종 상표 신발들이 유행했다. 그 중에서도 지금은 사라지고 없는 다이아표와 말표 신발에 대한 추억이 아련하다. 요즘은 우연히 신발가게 앞을 지나다 기차표와 왕자표 신발을 보면 마치 옛 친구를 만난 듯이 반갑다. 일제강점기부터 내려온 몇몇 신발 기업은 전국을 주름잡았을 뿐만 아니라 1950~60년대의 부산을 먹여 살릴 정도였다고 한다. 특히 1970~80년대는 신발이 우리나라 수출 효자 상품으로 호황을 누렸다.

지난 밀레니엄 기간에는 서울 강남 학생들이 선호하는 운동화 브랜드 '승리의 신'을 신었는가 안 신었는가, 겨울용 수입 패딩 점퍼 브랜드 '북쪽의 얼굴'을 입었느냐 안 입었느냐로 빈부격차를 구분짓는 바람에 위화감이 조성되며 사회문제로까지 대두되었던 적이 있다.

요즘은 신발도 단연 외국 브랜드의 인기가 높다. 개중에는 유명 외국 스포츠 스타들의 이름을 딴 이른바 '리미티드 에디션limited edition'(한정판)이 출시와 동시에 매진사태를 초래한다. 없어서 못 팔 정도라고 한다. 또 그런 기회를 통해 특정 브랜드의 고가 상품들만 수집하는 컬렉터들이 있다. 게다가 그걸 재테크 수단으로까지 이용한다니 놀라울 따름이다.

사실 우리 귀에 익숙한 유명 신발 브랜드들 대부분이 제3세계에 가공 공장을 두고 있다. 그러한 초국적 거대 기업들이 현지의 값싼 노동력을 착취해 신발을 생산한다는 것은 익히 알려져 있는 사실이다. 이번 기회에 무조건 외국 유명 브랜드를 찾을 게 아니라 과연 현지 노동자들이 합당한 임금과 대우를 받고 있는지를 한번쯤 생각해보면 좋겠다.

혹시 꼰대라고 비난받을지 모르지만 한 가지 제안하고 싶다. 값비싼 명품보다는 자신의 취향과 스타일에 어울리는 신발들을 선택하라고 말이다. 남들의 시선을 의식하기 전에 스스로 자존감을 살리고 자기만의 개성을 표현하는 게 어떨까 싶어서다. 이제 온오프라인 시장에는 각종 유명 상표부터 짝퉁과 노브랜드까지 다양한 상품들이 넘쳐난다. 꼭 매장에 가지 않더라도 PC나 모바일로 24시간 얼마든지 저렴하고 다양한 상품들을 손쉽게 구매할 수 있다.

최근 청소년들 사이에서는 유명 연예인이나 아이돌이 입었던 '신新 명품' 패션 브랜드 의류를 따라 입느라 난리인가보다. 예를 들자면 우리나라 장례식 때 상주들이 팔에 차는 완장에서 모티브를 얻은 듯한 모 외국 브랜드의 인기다. 디자인은 단순하다. 흰 바탕의

팔 부위에 세 줄의 검은 선이 박힌 카디건으로 대략 160만 원에서 280만 원에 이른다고 한다. 반소매 티셔츠 한 장 가격도 10만~50만 원 선이라니 정말 기가 찰 노릇이다.

특히 강남권 고교생들에게 가격이 수십만 원에서 수백만 원대인 브랜드가 '연예인 패션'으로 인기가 높다고 한다. 이른바 '신新 등골 브레이커'이다. 하나같이 부모의 등골을 휘게 할 만큼 비싼 물건들 이다. 예전에 수십만 원대의 유명 고가 롱패딩이 고교생들 사이에서 인기를 끌며 '등골브레이커'란 별명이 붙었던 것처럼 말이다.

한발 더 나아가 최근에는 이보다 몇 배나 더 비싼 고가 브랜드들을 선호하는 경향이 뚜렷하다고 한다. 오랜 역사와 전통을 지닌 명품들이 아님에도 'MZ세대'(1980년대 출생한 밀레니얼 세대와 1990년대 중반 이후 태어난 Z세대)가 좋아하는 취향의 디자인과 콘셉트를 갖췄다는 이유에서다. 그런 브랜드들의 매출이 두 자릿수로 뛰었다는 것만 봐도 그 인기가 짐작이 간다. 시장은 이제 MZ세대가 주도한다 해도 과언이 아니다.

이것 역시 코로나 팬데믹의 장기화로 생겨난 사회현상이다. 소위 보복소비 열풍이 빚어낸 단면이다. 경제성장과 맞물려 어제의 사치품이 오늘은 필수품이 되는 세상을 살고 있다. 어른과 아이 할 거 없이 자신을 표현하는 데에 고가의 명품을 선호하는 걸 나무랄 생각은 추호도 없다. 한 가지 염려스러운 점은 만에 하나 이런 거로 아이들 사이에서 편 가르기와 줄 세우기를 할까봐 걱정이다. 아무

틈, 예나 지금이나 부모들의 등골을 빼먹기는 별반 다름없는 듯하여 입맛이 무척 쓰다.

친애하는 청소년들이여, 제발 부모들을 울리지 말자! 그대들도 머지않아 부모가 될 테니.

●

외다리 축구선수와 시각장애인 박사

— 2012년 10월 2일, 신문기사를 읽다

조간신문에서 두 눈이 번쩍 뜨이는 기사 하나를 발견했다. 기사의 주인공은 바로 미국 매사추세츠주州 모 주립 고등학교 축구팀에서 활약하는 외다리 축구선수 니코 칼라브리아(17세)였다. '도대체 외다리로 축구가 가능하다는 말인가?' 나는 미심쩍은 마음에 그의 득점 장면이 나오는 유튜브를 곧바로 찾아보았다. 아니나 다를까. 벌써 100만 건 이상의 조회 수를 기록하고 있었다. 동영상은 그가 어린 시절부터 축구선수로 활약하기에 이르기까지의 성장 과정이 요약 편집된 것이었다. 나는 그것을 한동안 넋을 놓고 바라볼 수밖에 없었다.

한 축구경기에서 팀원이 코너킥 한 공이 자신을 향해 날아오자 그는 양쪽 목발에 의지해 한쪽 발을 미리 위까지 힘껏 들어올린 뒤 골대를 향해 공을 힘껏 찼다. 그 슈팅 자세는 비장애인 프로 축구선수들도 쉽게 할 수 없는 '시저스 킥Scissors kick'(가위차기)이었다. 공

217

은 골키퍼를 지나 골망 깊숙이 꽂혔다. 나를 더 주눅 들게 한 건 그의 인터뷰 영상이다. 그는 자신감에 넘친 목소리로 "내가 가진 장애가 내가 누구인지를 규정하지는 않습니다. 장애는 내가 날마다 극복해야 할 도전을 줬고 그 도전들은 나를 더 강하게 만들었습니다"라고 당당히 말했다.

관련 기사에 따르면 그는 태어날 때부터 한쪽 다리가 없었다. 그러나 13세 때 아프리카 대륙의 최고봉인 킬리만자로를 등정해 화제가 됐다. 그는 등산뿐만 아니라 스키, 다이빙, 배구까지 못하는 운동이 거의 없다. 그가 장애를 딛고 평범한 삶을 살 수 있었던 것은 누구보다도 부모의 공이 컸다. 미국 CBS 방송과의 인터뷰에서 그의 아버지는 "나는 내 아들에 대해 말할 때 절대 한쪽 다리가 없다고 하지 않는다. 내 아들은 한쪽 다리가 있다고 말한다. 그것이 내가 아들을 바라보는 방법"이라고 말했다. 부전자전이 따로 없다.

주인공 니코는 5세 때 의족이 외려 방해된다고 생각해 목발을 선택했다. 목발은 그를 사람들의 눈에 더 잘 띄게 했다. 반면에 움직이기가 훨씬 더 편했다. 그는 "목발을 짚고 축구와 달리기도 할 수 있으며, 킬리만자로에도 오를 수 있다"라고 자랑했다. 축구 득점 영상이 화제가 되자 "그 골은 훌륭한 골이었고, 나에 대한 동정심에서 나온 것이 아니다"라면서 "나는 다른 경쟁자들과 동등하게 보이고 싶다"라고 말했다. 전국적으로 유명세를 치르게 된 그는 미국의 유명 스포츠 음료 회사의 CF를 찍었다. 지난 여름에는 미국 장애인축구팀에서 골을 넣기도 했다. 그 여세를 몰아 앞으로 열리는 장애인 월드컵 출전도 기대하고 있다고 한다. 그의 피나는 노력과 열정에 고개가 절로 숙여진다.

여기 또 한 사람의 입지전적 인물이 있다. 지난 2월 말 타계한 고 故 강영우 박사다. 그는 14세 때 부친을 여의었다. 중학교 1학년인 15세 때는 축구를 하다 눈에 공을 맞아 실명했다. 아들의 실명에 충격을 받은 모친은 뇌출혈로 사망했다. 졸지에 고아가 된 그는 장애인재활원으로, 여동생은 보육원으로, 남동생은 철물점으로 뿔뿔이 흩어졌다. 당시만 해도 시각장애인에 대한 사회적 편견이 심했다. 그는 수년간 방황하며 여러 차례 자살을 시도했었다.

그랬던 그가 "갖지 못한 한 가지를 불평하기보다 가진 열 가지를 감사하자!"라는 어느 목사님의 말을 듣고 마음을 고쳐먹었다. 그리고 뒤늦게 공부를 시작했다. 맹학교 중등부 1학년 때 자원봉사자인 미모의 영문과 여대생이었던 아내 석은옥을 만났다. 그 인연은 자원봉사자로 1년, 누나로 6년, 약혼녀로 3년, 아내로 34년을 사랑과 헌신으로 맺어졌다.

그는 각고의 노력 끝에 어렵사리 Y대 교육학과를 졸업했다. 그 이후 미국 유학길에 올라 피츠버그대학교에서는 교육학과 심리학 석사에 이어 32세에 철학박사 학위까지 취득함으로써 한국인 최초의 시각장애인 박사라는 기록을 세웠다. 고난과 역경, 편견 속에서 이루어낸 눈부신 성과였다.

●

시각장애인이자 동양인이라는 핸디캡을 딛고 1979년부터 미국 노스이스턴일리노이대학교 특수교육학과 교수를 지냈다. 이후엔 백악관 종교, 사회봉사부문 자문위원과 유엔 세계장애인위원회 부의장을 역임했다. 2001년부터 2012년 2월까지는 미국 연방정부 최고 공직자인 백악관 국가장애위원회 정책 차관보를 지냈다.

그는 자신의 저서 『원동력』에서 "인물은 길러지고 명문가는 만들어진다"라고 했다. 그래서 그럴까? 장남은 하버드대 의대 졸업 후 안과 의사로 듀크대학 병원에 근무 중이다. 차남은 법학박사 변호사로 대통령 특별보좌관으로 임명돼 미국 사람들도 부러워하는 명문가를 만들었다.

하지만 그는 68세 때 췌장암 말기라는 진단을 받았다. 주치의로부터 수술하면 2년 더 살 수 있다는 말을 들었다. 단호히 수술을 거부했다. 임종을 앞두고는 자신의 아내와 두 아들에게 편지를 남겼다. '사랑과 감사'의 메시지는 사람들에게 큰 울림과 감동을 주었다. 두 아들에게는 "너희들과 함께한 추억이 내 맘속에 가득하기에 난 이렇게 행복한 마지막을 맞이할 수가 있단다", 자신의 아내에게는 "아직도 봄날 반짝이는 햇살보다 눈부시게 빛나고 있는 당신을 난 가슴 한가득 품고 떠납니다"라고 전했다.

그는 생전에 어떤 고난과 역경에도 굴하지 않았다. 그에게 포기란 있을 수 없었다. 또 "제가 살아온 인생은 보통 사람들보다 어려웠습니다. 하지만 결과적으론 나쁜 일 때문에 내 삶에는 더 좋은 일

●

이 많았습니다. 그러니 포기하지 마세요"라며 "장애는 불편함일 수는 있어도 불완전함은 아니다. 자신을 지배하는 생각의 장애, 마음의 장애, 영靈의 장애를 뛰어넘어라. 희망에는 장애가 없다. 차별이 아닌 특별함으로 보라!"고 역설했다.

너나없이 살다보면 즐거울 때보다 괴롭고 힘들 때가 더 많다. 이 세상에는 자신에게 찾아온 고난과 역경을 이기고 삶을 열정적이고 행복하게 사는 사람들이 의외로 많다. 위의 두 사례가 그 대표적인 경우라 할 수 있다. 두 기사를 대하며 근래 타성에 빠져 해이해질 대로 해이해진 나 자신을 다시금 되돌아보는 기회가 됐다. 남은 삶 동안 머뭇거리거나 지체할 틈이 없다.

도둑의 자물쇠

언젠가 서울 강남 일대의 부잣집들만 골라 털어온 도둑들이 잡혔다. 경찰이 주범의 집을 압수수색을 하다 실소를 금치 못했다. 도둑이 장물로 처분하고 남은 귀금속들이 들어 있던 금고에 이중 삼중으로 자물쇠가 달려 있었기 때문이다. '뛰는 놈 위에 나는 놈'이란 이런 경우를 두고 하는 말인가보다. 누구보다 도둑 심리를 잘 아는 도둑으로서도 다른 도둑이 무서웠던 모양이다. 그래서 자기 금고를 자물통으로 몇 겹씩 단단히 채워놓았으니 정말로 웃픈 얘기가 아닐 수 없다.

이 사건과 관련한 또 하나의 에피소드가 있다. 조사과정에서 도둑들은 분명히 그 집을 털었다고 자백했다. 그런데 정작 집주인들은 도둑맞은 사실이 전혀 없다고 딱 잡아뗐다. 확실한 증거물을 턴 자들은 있는데 털린 분들은 안 계신다니 지나가는 소가 웃을 일이다. 얼마나 떳떳하지 못하고 뒤가 구렸으면 그랬을까. 아니면 사회적으로 낮이 깎일까 걱정이 되어서였을까. 피해자가 성인군자도 아니고 자신의 재물을 잃어버렸는데 시치미를 뚝 뗄 때는 다 그럴 만한 이유가 있을 테다. 그쯤은 잃어버려도 껌값일 정도로 재력이 빵빵했는지, 그건 모르겠다.

최근 불거진 LH 직원들의 부동산 투기 비리가 전 국민의 공분을 일으켰다. 한국토지주택공사의 직원들이 공공택지개발에 관한 내부정보를 이용해 부당한 이득을 취한 명백한 불법행위다. 가뜩이나 코로나 팬데믹으로 이중 삼중고를 겪고 있는 대다수 국민의 분노를 사고도 남을 일이다. 평범한 서민들로서는 허탈감을 느낄 수밖에 없는 심각한 사안이다.

그러면 그런 일이 이번에만 있었을까? 아마 본격적인 수사가 이루어지면 그 전모가 백일하에 드러날 테지만. 모르긴 몰라도 관행적으로 대물림되었을 개연성이 현재로선 매우 높다. 관련 제보들이 줄을 잇고 있기 때문이다. 한마디로 고양이한테 생선가게를 맡긴 꼴이다.

자본주의 사회에서 자기 돈으로 부동산 투기나 투자를 하는 건 어디까지나 개인의 자유다. 하지만 공공기관 종사자가 내부정보를 이용해 부당이득을 취하는 건 엄연한 불법행위다. 성실 의무와 도덕성이 결여된 공직자는 시정잡배와 다를 바 없다. 공직자로서의 청렴의무 위반 행위는 법적 단죄를 받아 마땅하다. 파면은 물론 해당 토지의 몰수와 시세차익의 몇 곱절에 해당하는 징벌적 손해배상

●

금을 추징해 패가망신을 시켜야 한다. 다시는 그런 비리가 발생하지 못하도록 사회적으로 경종을 울릴 필요가 있기 때문이다.

매우 안타깝고 불행한 일이지만 이와 유사한 일들이 하루가 멀다고 터져나온다. 예전보다는 법과 제도의 정비, 선진 시스템이 갖춰져 많이 투명해졌다고는 한다. 실상은 아직도 소 잃고 외양간 고치는 일들이 비일비재하다. 일이 터지면 그제야 온갖 대책을 쏟아내는 '사후약방문死後藥方文' 식의 어리석음을 계속해서 반복하고 있는 이유는 무얼까?

곰곰이 생각해보면, 유사 이래 만인이 자유롭고 평등하며 공명정대한 사회는 단 한번도 존재한 적이 없다. 본래 부조리하고 모순된 인간의 특성상 그것은 유토피아적 상상과 허구에 불과하다. 모름지기 건강한 사회라 하면 신뢰성, 투명성, 자기희생 능력 등이 조화롭게 유기적으로 작동할 때만이 실현할 수 있다. 우리 사회는 전자의 3대 구성 요소 측면에서 여러모로 부족하고 허점이 많다.

신뢰성이란 작게는 개인과 개인, 한발 더 나아가 개인과 사회, 크게는 개인과 국가 간에 암묵적 믿음이 형성되는 것이다. 가령 전투에서 전사하거나 실종된 군인의 경우 국가가 그 유골을 수습해 가족의 품으로 돌려줄 때 국민은 국가에 대한 무한 신뢰와 충성심을 발휘하게 된다. 투명성은 어떤 일이나 정책을 도모하는데 밀실에서 야합이나 음모, 중상모략 등이 없이 모든 과정에서 공정한 경쟁과 질서가 유지되어야 한다. 또한, 결과를 모두가 수긍할 수 있을 정도로 정의로울 때 믿음을 갖게 된다. 자기희생 능력은 혼자만 잘 먹고 잘 사는 게 아니다. 더불어 살고자 하는 공동연대 의식이다. 예를 들어 물에 빠진 사람과 화마 속에 갇힌 사람을 구하기 위해 물불을 가리지 않고 제 한몸을 던지는 의인들의 마음과 자세 같은 것이다.

불행하게도 무한 생존경쟁 속에서 인간이 택할 수 있는 삶의 모형은 네 가지밖에 없다. 첫째는 너 죽고 나 살기, 둘째는 너 죽고 나 죽기, 셋째는 너 살고 나 죽기, 넷째는 너 살고 나 살기다. 마지막의 더불어 사는 '상생相生'과 '인仁'의 정신이야말로 오늘날 우리에게 가장 필요한 가치라고 생각한다. 문제는 너나없이 머릿속으로는 알면서도 현실에서 제대로 실천하지 못하는 것이다. 거기에는 많은 이해관계가 얽히고설켜 있기도 하다. 무엇보다도 다른 사람은 안 나서는데 왜 내가 나서 나만 손해를 봐야 하느냐는 회의와 상대적 박탈감이 자리하고 있기 때문이다.

부언하자면 우리 사회는 합법을 가장한 공인된 도둑들이 너무 많다는 데 문제의 심각성이 있다. 몰래 남의 물건을 훔치면 도둑이고 강압적으로 뺏으면 강도다. 이 두 가지를 초법적이고 탈법적으로 온갖 편법을 행하는 미꾸라지들이 있다. 이른바 사회지도층이라는 국회의원, 고위 관료, 학자, 지식인, 사士/師자 들어간 판검사, 변호사, 의사, 변리사 등등의 전문직에 속한 일부 종사자들이다.

솔직히 '기회는 평등하고, 과정은 공정하고, 결과는 정의로울 것'이라던 희망은 이미 산산조각이 났다. 어느 야당 대표의 "이것은 코로나19 탓도 야당 때문도 아니다. 정치를 바꾸겠다던 이들이 똑같이 행동했기 때문이다. 적폐를 청산하기는커녕 본인들이 그 자리를 꿰차고 앉았다. 승자독식을 끝내기는커녕 권력을 독식하기 바빴다. 팬덤정치와 선을 긋기는커녕 자기들의 열성 팬 정치에 편승했다"라는 일갈이 뼈아프게 들린다. 이어서 "기득권 챙기기는 무섭게 빠르고 민생 챙기기는 한없이 느린 정치. 존중과 토론 대신 손쉬운 이분법과 조롱이 넘쳐나는 정치. 지겹도록 봐왔던 그 정치가 죽지도 않고 또 왔다. 결국, 어디가 집권하든 결과는 똑같다. (중략) 사다리를 걷어차고 쌓아올린 그들만의 성채에는 그들만의 포용국가, 그들만의 공정국가가 있을 뿐"이라는 그의 서릿발 같은 지적에 위정자들은 귀를 기울일 필요가 있다.

역사적으로 뛰는 도둑 위에 나는 도둑들의 자물통을 부수는 일은 민중의 몫이었다. 맹자는 군주를 민심의 바다에 뜬 배에 비유했다. '재주복주載舟覆舟', 즉 물은 배를 띄울 수도 있고 뒤집을 수도 있다. 물을 거스르면 배는 곧장 뒤집힌다. 우리 사회에서 힘 있고 가진 자들이 새겨들어야 할 성현의 가르침이다.

다움과 노릇

사람답게 사는 것도 사람 노릇을 하기도 쉽지 않은 세상살이다. 평소에 나는 클래식과 팝송을 즐겨 듣는 편이다. 한데 우연한 기회에 대중가요를 듣다 속절없이 무너질 때가 더러 있다. 구구절절한 가사들이 어쩜 그렇게 꼭 내 얘기만 같을까 싶어서다. 그런 순간은 나름 진지하고자 했던 삶의 엄숙주의가 와장창 깨지며 자존심이 팍 상하는 느낌이다. 이런 게 삶이라 생각하면 나 스스로가 참 별 볼일 없고 지리멸렬한 존재로 여겨진다. 그와 동시에 자존감마저 뚝 떨어지면서 입안에 쓴물이 돌곤 한다.

인간의 모든 갈등의 원인은 항상 사소한 것으로부터 시작된다. 가령 사소한 말싸움이 급기야 살인까지 부른다. 별것도 아닌 문제가 인간관계에 있어서 엄청난 대립과 갈등을 불러일으킨다. 현실 앞에서 인간의 심성이란 은폐되고 위장된 마성魔性에 지나지 않는다. 특히, 세상의 모든 이해관계 속에서 자신의 손해가 감지될 때 인간은 숨겨진 폭력성을 유감없이 발휘한다. 좋든 싫든 우리는 일상에서 늘 이러한 참상을 직간접적으로 보고 듣고 있다. 제 아무리 다양한 지식과 윤리성으로 무장했다 해도 이성의 적절한 통제를 발휘하지 못할 때 인간은 한없이 무기력하고 부조리한 모순과 오류투성이의 자아를 발견할 뿐이다.

『명심보감』의 첫 구절은 '위선자 천보지이복 위불선자 천보지이화爲善者 天報之以福 爲不善者 天報之以禍', 즉 착한 사람에게는 하늘이 복으로 보답하고, 악한 자에게는 하늘이 화로써 보답한다고 했다. 인간이 선을 행할 때만 존재하는 하늘이라면 무슨 소용이 있을 것이며, 인간의 고통과 헐벗음을 외면하면서 힘 있는 악을 그대로 방관하는 하늘이 과연 필요할까? 끊임없는 의문이 생긴다. 그 실례로 사마천은 『사기열전』「백이·숙제」편에서 수양산에 들어가 고사리를 캐먹으며 살다 굶어죽은 그들과 달리 날마다 죄 없는 사람을 죽이고 사람의 간肝을 회 처먹는 등 포악무도暴惡無道하게 굴었지만, 천수를 누리고 죽은 희대의 악당 도척을 비교하며 "아아, 정녕 하늘은 있는가?"라고 탄식한 바 있다.

시시각각 미디어와 SNS를 통해 전해지는 뉴스들을 보며 아연실색할 때가 많다. 과연 인간에게 도덕과 양심, 정의라는 게 존재하는지 의문이 든다. 개탄스러울 때가 한두 번이 아니다. 가령 부정부패한 정치인과 관리들, 비양심적이고 타락한 기업가, 위선적인 종교가, 자식을 헌신짝처럼 내팽개쳐버리거나 상습 폭행으로 죽이는 부모, 자기 부모를 살해하는 존속살해범, 파렴치한 가정파괴범, 살인, 강도, 강간, 방화, 성폭력 등 이루 헤아릴 수 없는 강력범죄가 난무하는 세상이다. 날이 갈수록 거악巨惡들은 우리의 상식을 초월한다. 교묘한 모습으로 사회 곳곳에 엄청난 해악을 끼친다. 그 실체를 잘 드러내지 않는다는 점이 더 그악스럽고 무섭다.

독일계 미국 정치철학자 한나 아렌트는 제2차 세계대전 당시 유대인 학살의 선봉에 섰던 나치 친위대 중령 아돌프 아이히만의 재판을 지켜보고 『예루살렘의 아이히만』이란 역작을 써서 세계적으로 화제를 불러일으켰다. 그녀는 저서에서 아이히만이 아무런 생각도 양심도 없이 저지른 '악의 평범성Banality of evil'에 대해서 신랄한 비판을 가했다. 하지만 인간은 세계 도처에서 여전히 유사한 악행들을 시도 때도 없이 자행하고 있다. 그와 같은 사실에 소름이 끼치고 전율하게 된다.

사람이 세상을 살아가기 위해서는 무엇 '다움'과 해야 할 '노릇'이 있다. 이는 자신의 의지이거나 자신과의 약속이기도 하고, 사회적인 의무이기도 하다. 따라서 각자 소임에 걸맞은 '~다움'과 '~노릇'에 대해 스스로 성찰하는 기회를 가져야 한다. 예외가 없다. 누군가 만일 '당신은 지금 자신에게 주어진 이름과 역할을 잘 수행하고 있는가?'라고 물었을 때, '그렇다'라고 대답할 수 있는 사람은 과연 몇이나 될까?

나는 아니다. 솔직히 '나다운 노릇'을 전혀 못하며 살고 있다. 사

●

내답지 못하게 소심하거나 비굴한 적도 많았다. 장남답게 의젓하거나 반듯하거나 모범적이지도 못했다. 자식 노릇은 물론 남편으로서, 오빠로서, 형의 역할을 제대로 못하며 살아가고 있는 것에 대한 자괴감과 뼈아픈 반성을 밤낮없이 무시로 한다. 현실을 핑계댈 수도 있겠지만, 군색한 변명에 지나지 않는다.

일상에서 '성악설性惡說'을 주장한 순자荀子의 말을 증명이라도 하는 듯한 인간 군상群像의 일탈을 본다. 설사 꼰대소리를 한다고 비난받을지 몰라도 사회적으로 제안할 게 하나 있다. 결코, 과거의 유교적 전통과 질서로의 회귀는 아니다. 기본적으로 가정에서 부모로서의 권위를 찾고 자식으로서의 예를 다하는 가정교육, 즉 밥상머리 교육을 강력히 촉구한다. 그럼으로써 각자 진정한 정체성을 찾고 기본 예의범절과 사회질서가 다시 설 수 있다고 생각하기 때문이다.

흔히들 이 시대에는 진정한 어른과 참다운 스승이 없다고 말한다. 하지만 주위에는 훌륭한 자질과 인격을 갖춘 어른과 스승들이 의외로 많다. 각계각층의 추천을 받은 그런 분들을 모시고 사회 교육적 측면에서 가칭 '다움과 노릇 아카데미'라는 사단법인을 설립해 인간의식과 윤리성 제고 프로그램을 널리 시행하는 것이 어떨지 감히 제안한다. 관건은 먼저 각자의 정체성을 찾는 데 주안점을 두어야 한다. 또 그에 걸맞은 자리매김을 하는 것이다. 무엇보다도 사회 구성원 각자의 대오각성大悟覺醒이 시급하다.

●

진정한 소통이 고프다

생텍쥐페리는 『어린 왕자』에서 '정말 소중한 것은 눈에 보이지 않는 것'이라고 말한 바 있다. 우스타쉬 데샹은 자신의 시에서 '우리는 겁 많고 약하며/ 탐욕적이고 늙었으며 악마의 혓바닥을 가졌다/ 진리 속에서 내가 보는 모든 것은 어리석음뿐이다/ 종말이 다가온다/ 모든 것은 병들어 간다'라고 개탄한다.

실존주의 철학자들의 말을 빌리자면 인간은 부조리한 존재다. 광속정보통신시대를 살면서 우리는 떨어진 거리와 상관없이 시도 때도 없이 서로에게 전화를 건다. 그뿐만이 아니다. 문자메시지를 포함해 실시간으로 SNS와 이메일까지 주고받는다. 그러면서도 마음 한쪽으로는 늘 뭔가 부족하고 공허감을 느낀다. 과연 상대방은 자신이 한 말의 속뜻을 제대로 전달받았는지를 스스로 의심하게 된다. 예전에 몇 날 며칠 아니 몇 달이 걸려야 겨우 구두口頭나 편지로 전해지던 기별에 비하면 참으로 이해할 수 없는 일이 벌어지고 있다.

그것은 우리들의 삶 속에서 그만큼 진정성과 여유가 없어졌다는 방증이다. 혹시 말이나 문자 속에 숨어 있는 진정성이나 가시를 발견하지 못하고, 상대방이 빗나간 공상을 일삼고 있는 것은 아닌지 의심한다. 왠지 모를 공복감으로 뒤척이게 된다. 너와 나, 나와 그들, 우리들의 모든 관계 사이에서 빗나가는 오해를 없애기 위해 행하는 일련의 소통들이 빚어내는 이와 같은 역설을 어떻게 해소해야 할까? 궁극적으로 원활한 소통을 위해 던져지는 말과 글의 홍수 속에서 우리는 왜 단절감을 점점 더 크게 느끼는 것일까? 쉽게 풀리지 않는 의문이다. 정말 소중한 것은 눈에 보이지 않는데 말이다.

세상은 자신만을 위해 존재하지 않는다. 세상에 나온 이상 거기에 동화되거나 저항하는 수밖에 없다. 애초부터 세상의 일원이 될 자격을 갖고 이 땅에 태어났다는 사실을 절대적으로 인식해야 한다. 우리는 사람과 사람 사이에서 서로 상처를 주고받으면서도 끝끝내 서로를 그리워하는 존재들이다. 나라는 자아는 단지 시간이라는 '정중동靜中動'의 거대한 흐름 속에 뒤섞인 일부일 뿐이다. 목숨이 다하는 날까지 부대끼며 살아가야 하는 한없이 미약한 존재다. 모든 관계와 인연을 철저히 단절한 고행의 수도자가 되지 않는 한, 모든 존재는 관계의 노예가 되어 살아간다. 결코, 이 거대한 연대의 울타리 안에서 벗어날 수 없다.

작금의 코로나 팬데믹을 겪으며 더욱 뼛속 깊이 깨달은 사실이 하나 있다. 누가 뭐래도 사람은 결코 혼자서 살 수 없다는 명증한 진리다. 누대에 걸쳐 사람과 사람들이 모여 어렵사리 만들고 가꾸어온 세상이다. 그런데 일순간 우리의 뜻과는 무관하게 외부적 요인에 의해 단절과 고립을 강요받고 있다. 이 존재의 한없는 무력감을 무엇으로 어떻게 위로받을 것인가? 답은 역시 사람밖에 없다. 눈에 보이지 않는 신이 이 세계를 창조했다면, 그 신을 만들어 흠숭하는 것은 인간이지 않은가.

그렇다고 침묵하면 보이는가? 지금 진실로 통하고 있는가? 결국은 언어에 의지해 몸과 마음을 맡겨본다. 하나 바람과는 달리 위선과 가식의 긴 강물에서 밤새 가위눌릴 뿐이다. 수직으로, 수평으로 온통 단절된 저 심원心苑에도 이름 모를 꽃들이 만발한다. 그 향기에 취한 채 실체를 보지 못하는 잘못을 무시로 범하고 있다.

소통되지 않는 모든 관계는 무의미하다. 모든 관계는 소통의 결과로 나타난다. 문제는 서로가 정말로 소통하고 있는가의 진정성 여부에 달려 있다. 모든 오해와 갈등은 대화의 단절과 불통으로부터 시작되기에 그렇다. 인간관계의 핵심은 서로 간의 소통에 있다. 그것이 원만한가 그렇지 못한가에 따라 관계의 질과 심도가 결정되기 때문이다.

부득불 대화의 단절은 서로의 오해를 무한 증폭시킨다. 급기야는 분노와 증오를 양산하게 된다. 가장 좋은 소통 방법과 수단은 역시 대화다. 직접 서로 마주 보고 얼마나 대화를 자주 나누는가, 얼마나 진정성을 갖고 상대를 대하는가에 따라 그 결과는 현저히 달라진다.

대화에도 기술이 필요하다. 자신만의 일방통행식 대화는 대화가 아니다. 대화의 질과 진정성을 높이기 위해서도 자신의 견해를 피력하기 전에 상대방 얘기를 들어주는 것에 더욱 집중해야 한다. 전문가의 말을 빌리자면 전체 대화의 8할을 상대방 얘기를 듣는 데 할애하고, 자신의 얘기를 하는 데 남은 2할을 사용하라고 한다. 그렇게 하면 상대는 당신에게 신뢰의 문을 열기 시작한다. 그런 신뢰를 쌓으면 관계는 정상화된다. 서로에 대한 이해의 폭이 절로 넓어지는 놀라운 경험을 하게 된다.

바야흐로 '언택트Uncontact'(사람을 직접 만나지 않고 물품을 구매하거나 서비스 따위를 받는 일) 시대다. 사람들은 비대면 교육과 업무처리, 화상회의와 랜선 여행, '메타버스Metaverse'(가상과 초월을 의미하는 '메타meta'와 세계·우주를 뜻하는 '유니버스universe'의 합성어. 가상현실보다 한 단계 더 나아가 사회 경제적 활동까지 이뤄지는 온라인 공간을 뜻함) 등에 점점 익숙해져가고 있다. 또한, 전에 없었던 새로운 경제적 사회적 문화적 부가가치들을 끊임없이 창조해낸다. 역시 인간은 만물의 영장이자 사회적 동물임을 여실히 증명해보인다. 한 가지 안타까운 점은 사회적 거리두기와 사적 모임 금지를 통해 갈수록 사람들의 스트레스 지수가 높아지고 우울감이 증폭된다는 사실이다. 남녀노소 할 거 없이 직접 대면에 극심한 갈증을 느끼고 있다.

너나없이 코로나19 이전에 평소 지인들이나 친구끼리 어울려 서로 얼굴 마주 보며 먹던 밥과 나눴던 술잔이 얼마나 큰 행복이었는지를 지금에 와서야 뼈저리게 체험하는 중이다. 궁여지책으로 생겨난 혼밥, 혼술, 홈트(집에서 하는 운동) 등이 대세다. 혼자서 그런 걸 즐기는(?) 중에도 스마트폰에서는 잠시도 눈을 떼지 못한다. 또한, 무시로 전화기에 말을 쏟아붓고 SNS에도 수없이 댓글을 단다. 그런데도 존재의 본질적 외로움과 헛헛함을 쉬이 떨쳐버릴 수가 없다.

말끔히 잘 닦여 있는 길도 사람이 다니지 않으면 금세 풀로 우거지는 법이다. '메라비언의 법칙Rule of Mehrabian'에 따르면 상대방에 대한 인상이나 호감을 결정하는 데는 말하는 내용이 7%, 목소리가 38%, 보디랭귀지와 같은 시각적 이미지가 55%의 영향을 미친다고 한다. 단적으로 '카ㅇ' 같은 SNS로는 진의가 7% 정도만 전해진다고 할 수 있다. 상대방의 목소리와 표정, 기분과 감정, 태도와 자세 등을 전혀 알 수 없기 때문이다. 이럴 때일수록 '활음조滑音調'(매끄러운 발음으로 듣는 이를 기분 좋게 하는 효과)를 이용해 서로가 알아듣기 쉽고 부드러운 말과 글로 지혜롭게 소통하자.

황원교 에세이

다시 없을 저녁

지은이_ 황원교
펴낸이_ 조현석
펴낸곳_ 북인
디자인_ 푸른영토

1판 1쇄_ 2021년 11월 11일
출판등록번호_ 313 - 2004 - 000111
주소_ 121 - 842 서울 마포구 서교동 467 - 4, 301호
전화_ 02 - 323 - 7767
팩스_ 02 - 323 - 7845

ISBN 979-11-6512-035-1 03810
ⓒ 황원교, 2021

이 책은 문화체육관광부, 한국장애인문화예술원의 후원을 받아
2021년 장애인문화예술지원사업의 일환으로 발간되었습니다.